Arne Johansson

FÅNGEN OCH FLÖJTSPELAREN

En roman om Brigitta Scherzenfeldt från Bäckaskog

Den bygger på verkliga händelser och med personernas rätta namn. Geografiska platser som omnämns är kopplade till händelserna. Alla beskrivningar är uttryck för min subjektiva uppfattning och tolkning. Eventuella felaktigheter är mina egna misstag. Jag har tagit mig friheten att till stor del fantisera fritt för att ge romanen dess innehåll.

Karl XII:s krig väljer jag att inte detaljerat beskriva, men måste ibland för innehållets skull ge historik som påverkat de inblandades liv avsevärt.

Vi följer huvudpersonen och hennes levnadsöde från barndomen i skånska Bäckaskog, genom svåra upplevelser i fångenskap och hemkomsten till Sverige.

Inledning

Efter freden i Roskilde 1658 fastslogs att Skåne skulle tillhöra Sverige. Åtskilliga strider hade utkämpats om provinsen, men Danmark fick till slut avstå från detta landskap. Men stridigheterna var inte över, motståndsmännen förde en envis kamp och härjade vilt i de skånska byarna i norr. Snapphanarna tog ofta sin tillflykt till skogarna i Göingebygden och var väl organiserade.

Rutger von Asheberg blev utnämnd till generalguvernör efter att ha fått kung ens förtroende. Han fick residera i Bäckaskogs kungsgård, varifrån han med fast hand och stor framgång arbetade med att försvenska folket i Skåne under åren 1678 till 1685.

Som inledning av denna utrensning befallde kungen att Örkeneds socken skulle utplånas. Detta var Snapphanarnas stora fäste och man gick bryskt fram med att bränna gårdar och förstöra åkermarken med odlingar. Snapphanarna flydde in i skogarna och övriga ortsbor flyttade till Danmark. Invånarantalet minskade i landskapet under dessa år. Många pojkar tvångsförflyttades till Baltikum, som i stor utsträckning var svenskt, för att infinna sig vid den svenska krigsmakten. Män från de norra landskapen uppmanades att gifta sig med skånska flickor och försök ta över gårdar.

1

Bäckaskogs Kungsgård låg vackert på ett näs mellan Opp-mannasjön och Ivösjön nordost om Kristianstad. Gården övertogs av den svenska kronan och blev ett boställe för Översten vid skånska kavalleriregementet. Arrendegårdar strax intill blev hem för officerare med familjer.

En av dessa officerare var Löjtnant Knut Scherzenfeldt, hans hustru Birgitta och deras lilla dotter som var fyra år gammal. Som ridande befäl var han ständigt beredd på att rycka fram med den svenska hären i kriget. Men nu hade han insjuknat med en svår feberfrossa och låg i sin säng i parets bostad på Bäckaskog. Knut som var en reslig och stark man, förvandlades i sitt sjuka tillstånd till en svag och bruten man.

1

Hon hade hört berättelsen om den flöjtspelande pojken. Det var nog inte meningen att hon skulle få höra den, men väggarna i stugan var så tunna att det inte var några svårigheter att snappa upp vad de pratade om på andra sidan. Hon blev en smula uppskrämd över det hon hört och hade svårt att sova den natten. Nyfikenheten fick henne trots allt att försöka lyssna om hon kunde urskilja några toner. Hon vågade sig förstås inte ända dit till platsen där det gamla klosterkapellet låg, utan höll sig på behörigt avstånd. Dessutom hade de vuxna sagt att det var på nätterna man kunde höra flöjtspelandet. Några nätter hade hon tvingat sig själv att vara vaken för att lyssna. Hon öppnade försiktigt fönstret, när husets folk hade lagt sig till ro och ansträngt sig att försöka höra något. Men hon uppfattade bara vindens sus i de stora träden i parken.

Sägnen berättade att pojken som blivit föräldralös och på grund av missväxt tvingats stjäla säd, hade frusit till is och försvann mellan två stenar, när han en kväll kom till gården för att be om ursäkt för stölden. Vissa nätter kunde man höra hans ljuvliga flöjttoner vid slottet.

Brigitta var också föräldralös sedan några år tillbaka, men blev väl omhändertagen av sin moster och morbror och fick bo hos dem på en arrendegård till Bäckaskogs Kungsgård. Hon hade det bra, det fanns mat även om det tidvis var knapert, när skörden slagit fel. Men hon hade ett hem, kände sig trygg och behövde inte stjäla för att klara livhanken. Mostern satt ibland om kvällarna och virkade dukar med olika mönster och broderade på en linneduk de vackraste mönster Brigitta hade sett. Hon var fascinerad av mosterns färdigheter och ville gärna lära sig. Ibland läste hon ur bibeln för flickan, för att hon skulle bli ett gudfruktigt barn.

Honmindes vagt sina föräldrar Knut och Birgitta, som båda dog i en svår sjukdom när hon bara var fem år gammal. Pappan var militär och de hade bott på en gård i Kiaby, nära den som hon nu bodde i med sin mors syster och hennes man. Vid dopet fick hon namnet Brigitta med Christina som andranamn. Undervisning fick hon av prästen i socknen. Han kom till gården, samlade barnen fråntrakten och lärde dem elementära grunder i både kristendom och andra ämnen. Brigitta hade lätt för att lära sig nya saker och var mycket nyfiken.

Hon hade fått sig inpräntat att det var nödvändigt med alla dessa militärer som fanns i hennes närhet på gården. Militärer som skulle försvara sitt land och dra ut i krig mot andra länder. Hon hörde berättelser om soldater som stupade i kriget och aldrig kom tillbaka, något som hon hade svårt att förstå. Även om de vuxna inte berättade alla detaljer, anade hon ändå trots sin ringa ålder, krigets fasor för alla anhöriga.

Kungen skulle komma på en inspektionsresa till befälhavaren för de skånska kavalleristerna på Bäckaskog och hade redan ankrat upp sitt skepp utanför Åhus. Ryktet hade spridit sig snabbt och alla på gårdarna i trakten förberedde sig med stor nyfikenhet för besöket, som skulle ske följande dag. Alla hade i minnet vad som hände några år tidigare vid Loshults kyrka, då stora delar av krigskassan stals av Snapphanar, efter att ha dödat nio vakter. Utplåningen av Örkeneds socken fanns också i folks medvetande och kunde utgöra en tänkbar hämnd av de illasinnade motståndsmännen som fanns i skogarna. Kungen själv ville av den anledningen inte göra så stor affär av sitt besök, men när skeppet ankrat upp på redden, fanns det en del som smidde planer.

"Glöm nu inte att niga för kungen", uppmanade mostern Brigitta, när hon i sin finaste klänning som mostern sytt, anslöt sig till de som samlats på gården vid slottets infart. Förmiddagen var fortfarande sval och frisk, en svag bris letade sig över ängarna från sjön. De lätta dimslöjorna försvann som i ett trollslag och solen började värma den lilla skaran. Tanken på att få se kungen gjorde dem upprymda av förväntan.

2

Just som kungen med sitt sällskap påbörjade den korta promenaden till krogen vid hamnen där en skjuts väntade, hände det. Ur skaran av bönder och hamnarbetare som befann sig på platsen, bröt sig ett gäng på ett tiotal män med påkar i händerna fram och överrumplade alla. Kungens män som var i minoritet förstod genast allvaret i situationen och drog iväg med den svenske kungen in i de smala gränderna. Anfallarna som var uppretade Snapphanar följde efter, men hade redan sackat efter på grund av svårigheten att ta sig fram mellan alla kärror på hamnplanen. Ursinnigt rusade de efter den flyende gruppen, men efter en stund fick de ge upp sökandet. Kungen och hans sällskap var som uppslukade.

Vid Bäckaskog väntade man tålmodigt, men började undra när kungen skulle komma. Det var planerat att vagnen skulle anlända klockan elva på förmiddagen efter morgonens resa de två milen från Åhus. Men ekipaget var försenat, klockan var redan halv tolv och folksamlingen började att glesna, eftersom många hade ett arbete att sköta. En efter en droppade besvikna av och återgick till sina vardagliga sysslor. Brigitta och hennes moster stod kvar, liksom några andra barn och kvinnor. Andra kände sig tvungna att skynda sig hem för att ordna mat till arbetarna på gården och lämnade hastigt sina platser.

Kungens män posterade med vapen i händerna utanför ett av husen i byn. Bud skickades till skjutsen vid hamnen, att infinna sig snarast, så att kungen skulle kunna påbörja den uppskjutna resan. Upprorsmännen hade gett sig av, de hade lyckats skrämma kungen ordentligt och tycktes vara nöjda för stunden. Prästen i byn hade uppfattat den prekära situationen och skyndsamt dragit in kungen i ett korsvirkeshus, med stor uppståndelse för de boende. I den stora eldstaden hade han tvingat upp kungen i skorstenen där han måste spjärna sig fast vid spjället.

Strax före två på eftermiddagen kom vagnen i full fart in på slottsgården. På långt håll såg de dammolnet efter ekipaget, tätt följt av några ryttare till häst som bara kunde anas i den grusmättade luften som uppstod i den vilda farten. Tre timmar försenade svängde de in mot slottet. Endast Brigitta, hennes moster och två andra kvinnor stod kvar. De fick bara en hastig skymt av kungen, som något sotig och tilltufsad försökte gömma sig i vagnen.

Något besvikna gick kvinnorna tillbaka mot hemmet igen. Brigitta kom plötsligt på att hon glömt niga för kungen.

3

Sex år senare

Skolundervisningen var ett avslutat kapitel. Brigitta som varje sommarlov tillbringat sin ledighet på Bäckaskog där hon bodde hos sin moster, visste plötsligt inte vad hon skulle syssla med framöver. Hon hade fyllt femton år på våren och hade bott hos sin pappas släkt i Kristianstad medan hon gick i skola där. De hade tagit väl hand om henne under terminerna, men hon trivdes mycket bättre här ute på landet vid Bäckaskog, med skogar och sjöar inpå knuten. Skolan hade hon klarat bra, en del nya vänner hade hon fått, men umgicks inte med någon speciell.

Hon hade lovat hjälpa till med arbetet på gården, vilket hon gjort med glädje varje sommarlov hittills. Det var visserligen ett slitigt arbete, men hon drog sig inte för att hugga in med hårt arbete. Potatisen skulle upp ur jorden och senare var det dags för betorna. På kvällarna satt fortfarande hennes moster och virkade eller sydde och Brigitta hade genom åren fått en viss färdighet och kunde snart mäta sig med henne. Mosterns syn hade blivit sämre, så ibland fick Brigitta hjälpa till när mönstret på broderiet var svårt. De var väldigt goda vänner och mostern betraktade flickan som sin egen dotter.

Hon hade själv tyvärr inte kunnat få några egna barn, vilket hon var mycket besviken över. Men med systerdottern blev livet betydligt ljusare och mer meningsfullt igen.

Nu hade Brigitta hela sommaren på sig att fundera på sitt fortsatta liv. Kanske skulle hon studera vidare, det fanns ju numera en högskola i Lund som låg närmast. Men vad hon ville studera visste hon inte. Hon sköt ifrån sig tankarna för stunden och ville bara njuta av sommaren. Tids nog skulle det mogna fram, tänkte hon.

Det fanns många unga officerare placerade vid Bäckaskog och det var stor aktivitet i kavalleriets trupp, som hade sina övningar på fälten utanför. Kungen hade avlidit något år tidigare och hans son, Karl XII hade i tidig ålder blivit kung i Sverige. Det tycktes som om han också hade fått storhetsvansinne och ville erövra fler länder i Europa. Sverige var en stormakt och hade utökat sitt landområde så att man numera hade gräns mot Ryssland, en gräns som skulle försvaras med alla medel. Upprustning och förberedelser för angrepp och nya krig fanns i allas medvetande. Den unge kungen var stridslysten, med den ungdomliga entusiasmen som man anade hos den blott artonårige monarken med en stark krigshär. Detta var svårt att begripa allt för en femtonårig flicka, men hon förstod ändå det oroliga läget med alla krig som Sverige var inblandat i. I samtal med släktingarna förstod hon allvaret i det som skedde.

4

Livgardet var förlagt i Skåne sommaren 1699 i väntan på order att infinna till den övriga krigsmakten i Baltikum. Mats Bernow var underofficer och tillhörde det livgarde som skulle finnas i högra fronten och skydda kungen i strid. Han var drygt tjugo år och var från Stockholmstrakten, men lämnat sitt föräldrahem sedan ett år tillbaka och hade redan deltagit i en enklare strid. Han var nu som Förare i Livgardet placerad i Skåne.

Under tiden de tjänstgjorde vid Bäckaskog hade han sett en ung flicka, som han fattade tycke för. Han såg henne i parken en söndag, när hon promenerade där med två andra flickor. Han kunde inte på rak arm säga vad han föll för hos henne, kanske var det hennes blick då de möttes. Hon hade ett vackert ansikte med ljust lockigt hår och en fin figur. Egentligen var det inte så lämpligt att fastna för någon, nu när han snart skulle dra ut i strid, men kunde inte sluta tänka på henne.

Brigitta hade fnittrat tillsammans med sina kamrater på promenaden genom parken. När de mötte några kavallerister till häst fastnade hennes ögon på en av dem. När de passerat vände hon sig om, deras blickar möttes en kort stund och hon blev alldeles varm i hela kroppen.

Hennes kamrater märkte inte hennes reaktion och de fortsatte sin promenad. Hemma hos sin moster kunde hon inte släppa tanken på honom och funderade hur hon skulle kunna träffa honom igen. Hon kunde inte koncentrera sig på handarbetet.

"Har du funderat något mer på din framtid?" Mostern hade märkt hennes tystnad och försökte få igång ett samtal.

"Nej, jag vet inte ännu, det har ju bara gått en månad. Men jag funderar", svarade hon svävande utan att utveckla sina tankar ytterligare.

Det blev inte mycket mer sagt den kvällen och Brigitta gick tidigt till sitt rum. Hon ställde sig vid det öppna fönstret och mindes plötsligt sägnen om den flöjtspelande pojken. Hon log åt sin rädsla hon haft för några år sen när hon hört berättelsen. Nu visste hon med säkerhet att det bara var en skröna som omvandlats till en spökhistoria. Men när hon lyssnade noga, så tyckte hon ändå att det hördes några flöjttoner utifrån. Eller var det bara fantasin som skenade iväg? Hon bestämde sig för att gå ut i den sköna sommarkvällen, som ännu inte hade blivit mörk. För att inte oroa sin moster kröp hon försiktigt ut genom fönstret och stängde det tyst. Hukande smög hon förbi stugans fönster och ut i parken. Solen hade just gått ner bakom de stora träden, de vita liljorna gav en sötaktig doft som spred sig i kvällsdaggen. Raskt gick hon vidare djupare in i parken.

Hon hörde några ljud någonstans ifrån och närmade sig den lilla bersån vid det gamla klostret från 1200-talet, som nu låg i ruiner. Intill låg kyrkan som ännu användes. Inte en människa syntes till, hon var alldeles ensam här ute i parken. Det var ju söndagskväll och snart var det en ny arbetsvecka, så alla höll nog på med att gå till sängs. Men hon var inte rädd. Hon satte sig på en bänk och lyssnade igen. Det var alldeles vindstilla och hon kunde svagt urskilja stjärnorna på himlen som nu börjat mörkna. Bäst att skynda tillbaka, tänkte hon.

Just som hon rest sig upp, såg hon en person som närmade sig bersån med sakta steg. I halvmörkret kunde hon bara se en skugga som rörde sig framåt mot henne. För första gången i sitt liv blev hon rädd och försökte tänka ut hur hon skulle kunna undvika ett möte. Hon gömde sig bakom ett träd i avvaktan på att personen skulle passera. Men stegen tystnade och hon kände hur hjärtat bultade hårt i bröstet. Efter en stund, som likväl kunde vara några minuter, kikade hon försiktigt fram och såg framför sig mannen hon mött tidigare på dagen.

"Det var inte meningen att skrämma fröken", hörde hon hans röst.

Han steg fram mot henne och hälsade. De vänliga ögonen och hans leende fick henne att koppla bort sin rädsla. Han följde henne tillbaka till hennes bostad och de bestämde att träffas igen nästa kväll. Ingen hade märkt att hon varit ute

Och hon kröp ner i sin säng så ljudlöst som möjligt. Nästa morgon var Brigitta på ett strålande humör, vilket uppmärksammades av mostern. Men hon ville inte fråga, det var bara roligt att flickan trivdes hos dem.

Ändå kunde mostern inte låta bli att oroa sig för hennes framtid. Maken och hon skulle kanske inte finnas kvar så värst länge till, värk och andra sjukdomar satte sina spår i kroppen. Dessutom hade synen blivit sämre. Lite besparingar fanns och de hade lovat flickan att få del av den till utbildning, något som inte var så vanligt för flickor. Men de ville ge henne en chans, bara hon själv ville och kunde bestämma sig. Läshuvud hade hon, så det var inte något problem, men mostern ville inte jäkta fram något beslut. Hon var ju trots allt bara barnet, tids nog skulle flickan komma på något. Nu var de tacksamma för all hjälp de fick av henne på gården, men när sommaren var över skulle hon ta upp ämnet med Brigitta igen.

Hon arbetade som vanligt och hade fortfarande ingen tanke på studier. De träffades i smyg under sommarkvällarna, hon och Mats, oftast i bersån, när hon som vanligt smugit ut genom fönstret. Det hade varit en underbar sommar och hon kände sig verkligen förälskad. Hon hade visserligen ingen tidigare erfarenhet av pojkar att jämföra med, men det var äkta kärlek hon upplevde i famnen hos honom.

5

Sommaren led mot sitt slut och hösten gjorde luften klar och frisk. De senaste tre veckorna hade dagarna varit väldigt varma, nästan tryckande och med häftiga åskväder. Skördarna hade blivit bra, så det fanns gott om säd i ladorna. Mycket gick åt till brännvinstillverkning, men det fanns ändå en viss reserv till mjöl.

Mostern var konfunderad, men kunde inte lista ut vad det var för en känsla hon haft under några veckor. Den senaste tiden tyckte hon se en förändring hos flickan. Hon verkade sjuk, tålde inte äta vissa saker som hon tidigare tyckt om. Hon blev ibland illamående och fick rusa från bordet och ut på avträdet. Det stod inte rätt till med flickan helt enkelt.

"Vi måste ta hit doktorn", sa mostern en dag. Brigitta satte sig genast emot det och försökte avfärda, men fick ge sig. Doktorn tillkallades och undersökte henne noga. Efter en stund tittade han upp. De smala glasögonen satt långt ner på den kraftfulla, röda näsan och han spände blicken i henne. Beskedet om att hon var gravid kom som en chock. Hon var redan i tredje månaden tillade han och beräknad födsel kunde beräknas till mars månad påföljande år. Utan att ställa några frågor eller visa några känslor bad han flickan klä på sig och kallade in hennes moster.

6

Redan som sjuttonåring värvades han till armén. Han som många andra ungdomar var fast besluten att kämpa i krig med den nye svenske kungen. Efter stora landvinningar tidigare var nu risken för angrepp stor vid de nya gränserna. Eftersom han var läs och skrivkunnig, vilket var ett krav för att få en befälsgrad, var han nu *Lärkonstapel* vid artilleriet. Värvningsbonus på en hel månadslön, 6 daler hade han fått ut och årslönen var 72 daler.

Han var född i Stockholm, där han nu bodde med sina föräldrar och systrar. De var av judisk börd och hade invandrat till Sverige från Wien via Holland. I Judedopet som kung Karl XI var närvarande vid, döptes de och fick sina nya namn, Gustav Renatus och Hedvig Renata. De två döttrarna döptes också. Året efter föddes Johan Gustaf Renat.

Nu var det stora förberedelser för krig och det ryktades att de skulle förflyttas till Baltikum, där de ryska trupperna närmade sig Narva, som tillhörde Sverige. Johan Gustaf väntade på besked om avmarsch till Karlshamn. Han var spänd inför sitt nya liv men var övertygad om att han valt rätt bana. Han tog farväl av sin familj.

7

Det rustades för bröllop i Bäckaskogs slottskapell. Efter chocken av beskedet att hon skulle föda barn hade lagt sig, hade man långa samtal med båda ungdomarna och släktingar. Den blivande pappan skulle antagligen inom kort behöva ansluta sig till den svenska hären. Brigitta som skulle fylla sexton år omkring barnets födelse, kunde inte föda ett "oäkta barn", med all den uppståndelse det skulle innebära. Dessutom skulle hon inte kunna försörja sig och barnet själv. Efter många överläggningar kom de fram till att det enda rätta var att de unga gifte sig och blev en familj.

Först var Brigitta förtvivlad, men när hon berättat för Mats lugnade hon ner sig. De älskade varandra och även om de var unga, så skulle de nog klara sig bra. Hans lön som Förare var visserligen inte så stor, men han räknade med att det skulle bli kärvt. Det gällde att kämpa förstod de.

I slutet av oktober blev Brigitta Scherzenfeldt och Mats Bernow ett äkta par. Bröllopsvittne var hennes moster, farbror och faster och Mats föräldrar. Brigittas morbror var avliden sedan ett år tillbaka. Det blev en enkel ceremoni i kapellet, som var prydd med blommor vid bänkarna. Höstsolen bjöd på en skön värme och från träden lyste fortfarande bladen i sina klara färger.

En lika enkel måltid blev det efter vigseln hemma hos mostern. Alla var märkbart tagna av stundens allvar, men efter några supar och god mat lättade stämningen upp. Det unga paret strålade av lycka och brydde sig inte så mycket just då åt eventuella praktiska problem. Eftersom det var svårt att hitta bostad fick Brigitta bo kvar hos sin moster och Mats på förläggningen tills vidare. De kunde ju träffas ganska ofta ändå.

Så en dag kom ordern att Mats skulle infinna sig vid den svenska hären i Polen. Men han fick anstånd till efter nyåret, eftersom de först skulle bege sig till Riga, där en bostad hade iordningsställts till det unga paret. Strax för jul tog de avsked av släkten i Sverige och seglade ut från Karlskrona mot Livland. Det blev ett tårdrypande avsked och Brigitta fick lova att försöka komma tillbaka till sommaren och visa upp sitt barn. Mostern kramade om henne och tårarna gick inte att hejda längre. Brigitta tänkte att julen inte skulle bli som förr, nu när hon tog steget från tryggheten och rakt ut i de okända.

Riga var Sveriges största stad, Erik Dahlberg var generalguvernör och skötte sina sysslor till kungens belåtenhet, så att han själ kunde flytta ner sina trupper till Polen. Brigitta trivdes inte. Hon kände sig ensam, längtade till den lantliga miljö som han växt upp i och var livrädd för kommande förlossning. Det blev inte bättre när Mats var tvungen att lämna henne i januari för att fortsätta till armén i Polen. Nu var hon helt ensam för första gången i sitt liv och tankarna gick ofta till sin uppväxt på Bäckaskog. Där hos sin kära moster, som tagit så väl hand om henne efter föräldrarnas död, fanns de lyckligaste minnen hon gärna återkom till, när hon i ett dragigt rum försökte sova några timmar. Magen tog emot och alla nya ljud skrämde henne. Det fanns en svensk skola som hon besökte ibland och där fanns en ABC-bok i det främmande språket, som hon försökte lära sig. Många svenskar fanns i staden men hon umgicks inte med någon.

Flera veckor för tidigt, i mitten av februari födde Brigitta en son. Förlossningen var svår och drog ut på tiden. Hon fick bra vård efteråt på hospitalet, men barnet var svagt och dog strax efter födseln. Brigitta var helt förkrossad och grät hela dagarna i sin ensamhet. Förtvivlad funderade hon på att ta sitt eget liv.

Det var orostider i Riga. Polska trupper gjorde ett försök att belägra staden, men misslyckades i första försöket. De inväntade förstärkning och påbörjade en stormning med kanonbeskjutning av försvarsmuren. Inte förrän på hösten kunde man andas ut, svenskarna hade återtagit makten. För Brigittas del spelade det ingen roll längre.

Människorna i staden vågade sig ut på gatorna igen. Brigitta firade sin sextonåriga födelsedag alldeles ensam, förtvivlad och utan något hopp om framtiden. Det var en fasansfull upplevelse med krig så nära inpå sig. Den enda hon kunde prata med var en något äldre svensk kvinna, som hon blivit

18

bekant med. Hon hade mist sin man i kriget och de två försökte trösta varandra så gott det gick. Nu fanns det åtminstone en person hon kunde anförtro sig åt.

Hon tog en promenad och kom fram till en park när hon tyckte sig höra några ljud. Hon fortsatte längre in i parken, det var snårigt och hon snubblade till i mörkret. Hon reste sig på svaga ben och hörde ljudet närmare nu och kunde urskilja tonerna från en flöjt. Det var en stjärnklar kväll, men månen skymdes tidvis av några moln. Nu var hon alldeles nära och hörde tydligt att någon spelade på ett instrument. En mörkklädd gestalt stod vid ett träd. Månen bröt plötsligt genom molnen och lyste upp parken. Där stod hennes man, med deras barn i famnen och log mot henne. Hon försökte säga något och gick mot honom, men han gick åt andra hållet. Hon följde efter, men han ökade takten och försvann in i en byggnad. Snyftande sprang hon efter, ropade och befann sig i ett mörkt rum. Mats och barnet syntes inte till. Då hörde hon knackningar som övergick till ett bultande ljud. Flöjttoner hördes inte längre. Hon trevade sig fram längs väggarna i det mörka rummet, bultandet kom närmare nu.

Hon vaknade med ett ryck, alldeles svettig. Det tog en stund innan hon kunde orientera sig. Hon svepte en sjal över axlarna och stapplade med stor möda till dörren och öppnade.

8

Han kom iland i Pernau, i norra delen av Rigaviken efter en besvärlig seglats i höststorm på Östersjön. Kungen och hans män var sjösjuka och tog igen sig någon dag, medan en armé på flera tusen man samlades. Ytterligare trupper var på väg att ansluta sig, men kungen ville inte vänta på dem. Narva var hårt ansatt och det fanns ingen tid att förspilla. Han ville genast anfalla och truppen ryckte fram med full beredskap genom det ödelagda landskapet. Det var lerigt och kallt, soldaterna var dåligt klädda och dessutom var det ont om proviant. Johan Gustaf Renat var nervös inför det kommande slaget. Han hade aldrig förr varit på sjön, åtminstone inte i storm och han mådde fortfarande dåligt. Han bad till Gud att han skulle komma från kriget med livet i behåll.

Två veckor senare skedde anfallet i tätt snöfall med hagel som inslag och med en vind som låg mot ryssarna och hindrade dem att se något förrän de svenska soldaterna var tätt inpå dem. De fullständigt överrumplade den ryska posteringen. Efter fyra timmar var striden över, trots att motståndarna hade en mer än dubbelt så stor armé, kapitulerade de och Narva var fortfarande svenskt. Stora mängder kanoner och musköter beslagtogs, men de ryska överlevande soldaterna fick fritt återvända bakåt.

Kungen red iväg till de trötta soldaterna för att uppmuntra dem. Under sin ritt hamnade han och hästen i en gyttjegrav och kunde inte ta sig upp för egen hand. Några av hans soldater kom till hans hjälp och drog upp kungen, men en av hans stövlar och strumpa måste de lämna kvar i leran.

De hungriga soldaterna kunde inte motstå frestelserna i det erövrade ryska lägret. De lockades av maten som fanns och försåg sig också med brännvin som snart gjorde dem ordentligt berusade. Tidigt nästa morgon fick Johan Gustaf tillsammans med en drabant vid namn Patrick, order att köra bort alla som höll på att plundra det ryska lagret på mat och vodka. Provianten skulle ingå i arméns livsmedelsförråd för kommande tider.

De två unga soldaterna gjorde först en kringgående rörelse för att få en överblick. Då mötte de plötsligt ett kompani ryska soldater, som inte varit med om slaget och inte kände till vad som hänt. De stannade tvärt, häpna vid svenskarnas anblick. Johan Gustaf och Patrick kände en isande skräck. Var det här de skulle dö? Oddsen var små för de två unga svenskarna. Svetten bröt ut på Renats panna, men fick genast modet tillbaka. Han tecknade åt soldaterna att lägga ner sina musköter. Häpen över sitt eget mod beordrade han dem att också lägga ner sina värjor. Nu hade de makten och stolta över sitt kap lät de ryska soldaterna marschera barhuvade till den svenske befälhavaren.

9

Hon började sakta återhämta sig. Brigitta hade stort stöd av sin väninna, som hon tillbringade några timmar dagligen tillsammans med i skolan. Det hade gått ett år, hon började lära sig det nya språket och kände sig mer hemmastadd i Riga. Funderingar på att studera i Dorpat där det fanns ett universitet började forma sig i hennes huvud. Men ännu var det för tidigt att ta beslut, hon behövde något år till på gymnasiet.

Riga som omgärdades av ringmuren, förstärkt efter senaste slaget, låg vackert vid floden Dyna. Även om det fortfarande var oroliga tider med krigshot från öster, försökte folk leva som vanligt. Handeln med varor från bland annat Holland var stor och skepp med diverse varor och förnödenheter anlände ofta till Livland. Vid kajen i Riga fanns många skepp och hon tyckte om att promenera där med sin väninna. Brigitta hade sett en butik som sålde tyger och sybehör och de styrde stegen dit för att köpa något att handarbeta med. Sysselsättning var ett bra läkemedel, hon sjönk inte längre in i djupa grubblerier. Även om drömmarna fortfarande plågade henne, var det inte i lika hög grad. Men hon förstod att tiden inte skulle läka alla sår, de fanns där oavsett tid. Hon hade dagen med mardrömmen i färskt minne.

Den dagen då hon vaknade av att någon bultade på dörren fanns starkt i hennes medvetande. Drömmen var hemsk, men hon försökte trots allt se ett budskap i den. I drömmen tog hennes Mats väl hand om deras lille son och hon längtade efter att få träffa sin make. De hade inte setts sedan han lämnade Riga. När hon öppnade dörren stod ett bud med brev till henne.

Hon anade ett hemskt besked och tårarna strömmade ner för kinderna. Hon kom ihåg hur hon var tvungen att sätta sig ner på köksstol medan hon öppnade brevet. Det var avsänt från en advokat i Sverige. Med stor bestörtning läste hon brevet gång på gång. Hennes kära moster hade gått bort. Sjukdomar hade härjat i trakterna och hon hade insjuknat och dött efter två veckor. Ett litet arv efter henne väntade på Brigitta, som var mosterns enda arvinge.

Pengarna hade kommit för en månad sen, men hon kände inte någon större glädje över dem. Hon önskade att hon fortfarande hade sin moster i livet istället, för att kunna resa tillbaka på en visit. Nu var det försent. Strax efter sonens död hade hon skrivit brev till mostern som beklagade, men uppmuntrade henne att vara en stark kvinna. Hon hade också i brevet beskrivit livet i Skåne och främst på Bäckaskog. Hon hade avslutat med en förhoppning att Gud skulle ge Brigitta krafter att fortsätta och att de kanske en dag kunde ses igen. Kriget kunde väl inte fortsätta i evigheter, som hon skämtsamt uttryckte det. Men kriget tog inte slut och något kärt återseende skulle det aldrig bli.

23

På något sätt stärkte mosterns ord henne och hoppades att hennes make snart skulle komma tillbaka till henne. Hon behövde honom, längtade efter hans trygga famn och ville snart ha ett nytt barn med honom. Men kriget med kungen i spetsen drog vidare i Polen efter sitt vinterkvarter i Dorpat. Kungen ville till varje pris erövra fler landområden. Hon hade fått några brev från Mats där han skrev om sin längtan till henne och att han efter omständigheterna mådde bra. Hon hörde talas om att städer i Polen erövrats med hjälp av förstärkning från fler soldater från Sverige. Det var oftast lätt motstånd som den svenska hären stötte på, men Brigitta var ändå alltid orolig.

En dag på sommaren 1703 kom nästa dråpslag, när beskedet att hennes make, Mats Bernow hade stupat i slaget vid Thorn i Polen kom. Hon segnade avsvimmad ner på golvet med brevet fortfarande i sin hand. När hon kvicknat till och fått hjälp upp satt hon helt apatisk och stirrade ut genom fönstret. Tankarna snurrade runt, det kändes helt meningslöst att fortsätta leva nu, allt var tomt.

Men väninnan hjälpte henne dagligen med det praktiska, genom att bo hos henne den första tiden. Själv orkade hon knappt stiga ur sängen. De fortsatte att prata om allting och tog senare långa promenader i staden för att skingra tankarna. Maria var ett enormt stöd för henne och mycket långsamt började livet bli någorlunda uthärdligt igen.

10

Johan Gustaf Renat följde den svenska hären och kungen från vinterlägret i Dorpat. Det var en välbehövlig vila och paus i krigandet. Han var inte helt bekväm med allt dödande, men det tillhörde ju kriget, han hade en lön och vande sig efterhand vid det hårda livet trots allt. Hans tjugoårsdag blev inte uppmärksammad, själv tänkte han inte så mycket på den heller. De befann sig i ett tältläger utanför Krakow, som just besegrats och vila några dagar for att samla krafter.

Han skulle just inta sin kvällsmåltid, när han hörde buller och bra en bit därifrån. Kungen hade rusat ut från sitt tält och hoppat på en häst för att rida och möta Magnus Stenbock, som närmade sig med två hundra män för att ansluta. Det bar inte bättre än att hästen snavade över ett rep till ett tält, kungen stöp i backen med hästen över sig. Vänstra lårbenet var brutet och man kallade på läkare. Alla blev givetvis chockade, men kungen var lugn. Han förbands och fick ligga till sängs en tid för att läka skadan. Själv bagatelliserade han skadan och tyckte att det bara var en skavank. Soldaterna fick nu extra ledighet och kunde besöka marketenteriet som följde med den svenska truppen. Där fanns livsmedel, brännvin och tobak. Men det fanns också

25

prostituerade som hågade knektar kunde besöka och spendera sin kontantlön på två öre silvermynt om dagen.

Kungen började gå med kryckor efter sex veckor. Men efter en tid märktes att benbrottet läkt fel, så att det vänstra benet var tre centimeter kortare än det andra. Han skulle under resten av sitt liv komma att få besvär med en lätt haltande gång. Nu var trupperna åter på väg, slaget vid Thorn var över efter en kort drabbning. Ett femtiotal män fick dock sätta livet till, däribland Föraren Mats Bernow, som ingick i Renats kompani. Ett högkvarter upprättades i Rawicz, nära gränsen till Schlesien, där man skulle stanna en längre tid.

Det fanns tid för eftertanke hos Renat, som började längta hem. Han skickade några brev till föräldrarna, som svarade med att berätta om pest och hungersnöd i Sverige. Han insåg att alternativet nog inte skulle vara bättre hemma. Hans äldre systrar var båda gifta nu. Redan när han var kvar i Sverige hade Maria, som var äldst, gift sig medan hon väntade barn. Hon var då sexton år gammal och arbetade som piga på en gård. Nu tio år senare hade paret åtta barn och bodde på en stor gård vid Västervik. Den andra systern, Sara var fortfarande barnlös.

11

Tanken på att resa till Dorpat för att studera avskräckte henne. Sorgen efter hennes älskade Mats var djup och satte sina spår långt in i själen. Nu var hon plötsligt alldeles ensam om man bortsåg från Maria. Hon var tjugo år och hade fått uppleva så mycket av sorg och saknad redan. De hade fått en kort kärleksfull tid i Sverige, som hon alltid skulle minnas, för att därefter leva åtskilda. Nu hade hon mist sin son, moster och make på kort tid och visste inte hur hon skulle klara av att ta sig igenom dagarna. Allt var nattsvart och meningslöst.

Vissa dagar när hon irrade omkring i Riga, önskade hon ibland att hon också fick dö. Hon hörde talas om sporadiska attacker av ryssar mot grupperingar i delar av Livland. Hon hoppades i dessa svåra stunder att hon skulle falla för en kula, som skulle avsluta hennes bekymmer. Andra dagar tänkte hon på sin mosters ord och kom på andra tankar. Hon ville och måste vara stark. Men hur skulle hon orka, krafterna hade runnit ur henne, hon sov dåligt om nätterna.

En ny sommar som lättade något på hennes dystra tankar var på gång. Dagarna blev längre och värmen var behaglig. Nu kunde hon för första gången på länge glädja sig åt trädens

Skira grönska och fåglarna som återvände och tycktes bekymmersfria trots kriget. De byggde sina bon och sjöng så vackert som om inget var förändrat. Tänk om det kunde vara så enkelt. Hon såg det som ett tecken på att stålsätta sig för att överleva. De senaste dagarna hade hon börjat äta och sova bättre och den magra kroppen började sakta återhämta sig.

Hon satt på en bänk och njöt av solen. Det var just här som hon för några dagar sen träffade en svensk militär på permission i staden. Han var fältväbel vid armén och hans trupp fanns i ett läger utanför Riga. Oroligheter för anfall från ryskt håll fanns hela tiden och en liten styrka låg därför i beredskap. Staden Dorpat hade ett flertal gånger fått motstå attacker som avvärjts. Jonas Lindström var med bland dem som slog tillbaka de ryska styrkorna.

De pratade länge den gången och Brigitta föll för hans charm. Han var några år äldre och berättade om sitt tidigare liv i Sverige och hur han vid sjutton års ålder gått i militär tjänst. Hon öppnade sig och delgav honom sin historia. Det kändes skönt att berätta för någon, även om de inte kände varandra. De kom överens om att träffas igen. Hon kände trots alla sorger och besvärligheter ett hopp för framtiden. Kanske kunde hon hitta kärleken igen. Än var inte undrens tid förbi.

Hon gick över torget med sina marknadsstånd, där grönsaker och blommor försökte ge bilden av ett någorlunda normalt tillstånd. Intill låg S:t peterskyrkan som hon besökt med sin väninna under påskmässan. Det höga tornet pryddes av en tupp, som såg majestätisk ut. Hon hade överväldigats av sångerna, mässandet och gemenskapen bland de församlade i kyrkan. Det var en ortodox kyrka, men fler trosinriktningar fanns i Riga. Här var även katoliker, protestanter, baptister och judar, beroende av de olika folkslagen som bodde här.

Vid kyrkporten satt en kvinna med ett barn vid sin sida. Ansiktet var blekt och fårat, kläderna var smutsiga och skorna såg slitna ut. Hon drog barnet intill sig och sträckte fram en smutsig hand och bad om pengar. Pojken var kanske fyra år gammal och såg med skygga bruna ögon på Brigitta, nästan som att han skämdes för sitta där. Det stack till i hjärttrakten på henne vid åsynen av pojken. Hennes son som nu vilade på kyrkogården tillsammans med sin far skulle antagligen nu vara i dennes pojkes ålder om han fått leva. Hon satte sig ner på huk och försökte prata med kvinnan och barnet, men de förstod inte varandras språk. Hon fick ändå veta att pojken hette Janis, innan hon hittade några mynt hon kunde undvara och öppnade kyrkporten. Hon torkade bort tårarna och klev över den höga tröskeln.

12

Han skrev dagbok om livet som soldat, det enda liv han kände till som vuxen. Vid ett tidigare tillfälle när deras läger befann sig utan för Riga, fick Renat en dags permission som belöning för sin insats i Narva. Hanbesökte då biblioteket på universitetet och tittade hänförd på alla de böcker som fanns där. Han ville själv skriva och skaffade sig papper och penna för att kunna dokumentera händelser.

Till en början blev det mest vädret han noterade, men så småningom även färdvägen med hären genom länderna. Han hade sett kartor där ortsnamn och städer fanns inritade och han försökte själv återskapa dessa på sin lediga tid. Han hade hört att holländska boktryckare kommit till Livland för att där förbättra tekniken med bokbindning, något de behärskade. Dagboken fylldes på för varje dag han hade tid och förvarade den invirad i sin ränsel.

Om han snart kom hem till Sverige, skulle han gå ur det militära och söka in på en ingenjörsutbildning i stället. Det var först nu han förstod att det var hans egentliga önskan i livet och inte vara med i detta ohyggliga krig som egentligen plågade honom. Men just nu fanns det ingen återvändo. Han måste lita på kungens omdöme att erövra de områden han föresatt sig, för att därefter dra sig tillbaka hemåt och njuta av sin maktposition. Men han var inte säker på att skulle ske och det var ingen idé att ens spekulera när detta krig skulle sluta, så tills vidare var det bara att försöka överleva. Tydligen var man nöjd med hans insatser, för ganska nyligen blev han uppgraderad till Styckjunkare, en titel han var stolt över. I ett brev hem berättade han om detta.

Kungens tanke med fälttåget var att först avsätta kungen i Polen, tillsätta en ny och få deras krigsmakt med sig i kriget mot Ryssland. Han var på god väg att lyckas och var övertygad om att ryssarna skulle koncentrera sig på att möta svenskarna i södra Polen eller Ukraina och därför inte lägga någon kraft på att återtaga Baltikum. Därför fanns det bara spridda svenska förband i olika städer och vid borgar kvar när huvudstyrkan tågat söderut. Men den ryske Tsaren ville och tänkte något annat. Sommaren 1704 föll Dorpat i ryssarnas händer och den svenska örlogseskadern slogs ut, Tsar Peter ville anlägga en ny stad vid floden Neva, en stad som han skulle kalla S:t Petersburg. Karl XII:s rådgivare hade anat detta och påtalat det för kungen, men han litade mer på sin egen strategi och nonchalerade dem. Han kände sig näst intill oövervinnerlig och följde sin inslagna väg och fasta övertygelse.

13

En dag i slutet av sommaren gifte de sig i en liten kyrka i Riga. Brigitta blev fru Lindström, när fältväbel Jonas och hon förklarades man och hustru. Hennes väninna Maria sedan lång tid tillbaka var med vid vigseln, tillsammans med en vän till Jonas, fänrik Johan Rönnow. Det blev en enkel vigsel med en avslutande måltid på en av stadens krogar. Maten var god, hon hade inte varit ute på någon krog tidigare i staden. Ölet flödade denna kväll. Framemot småtimmarna drog de sig hemåt till brudens bostad, som nu tidvis skulle bli deras gemensamma hem. Oftast var Jonas på förläggningen, eller utkommenderad till någon strid vid gränserna, men var åtminstone i närheten av Riga. Nu hade han lyckats få två dagars permission.

Brigitta hade själv sytt klänningen av tyger hon hittade i en bod och var nöjd med resultatet. Alla övningar i sömnad hemma på Bäckagård hade gett resultat. Brudbuketten med röda rosor var inhandlad på torgmarknaden. Hon kände sig väl till mods med vetskapen att hon nu inte längre var ensam.

Hon styrde stegen till graven där hennes man och son var begravda. Medan hon satte en bukett blommor i vatten, var det oundvikligt att fundera på sitt liv. De senaste åren hade det hänt så mycket för henne. Hon hade upplevt svår sorg på kort tid, men ändå trots allt blivit stärkt av den. Nu övertygade hon sig själv att hennes nya liv skulle bli bättre på alla sätt och hon ville aldrig mer lämnas ensam.

Vintern närmade sig, höststormar hade avlöst varandra och ruskat om i trädens bladverk och frosten lät de sista resterna falla till marken för att multna bort. Den första snön kom tidigt och bäddade in staden i ett vitt täcke, som för att dölja alla skavanker och ge den ett skyddande hölje. Man förberedde sig på en sträng vinter.

De svenska trupperna var placerade i olika delar av Baltikum och skulle med stor svårighet kunna försvara hela regionen, som kraftigt tömts på soldater. Kungen överlät till general Levenhaupt med sin bataljon att försvara området. Men ryssarna visste om den svenska svagheten och lät sig inte distraheras av kungens fälttåg i Polen. De intog utan större svårighet Narva vid gränsen och kort därefter även staden Dorpat. Kungen trotsade återigen sina rådgivare och beordrade Levenhaupt att tömma alla garnisoner och snarast ansluta söderut, för anfall mot Ryssland och därefter tåga mot Moskva. Så var hans plan, men många såg det som ett svek mot Baltikum, som snart skulle invaderas och övertas av ryssarna.

Jonas Lindström fick besked att snarast göra sig beredd att följa med trupperna och gladdes inte alls av det. Det skulle betyda att han var tvungen att lämna sin hustru som han gift sig med ett halvår tidigare. Han kunde inte tänka sig det och var beredd att desertera, fly med Brigitta till Sverige, vilket skulle göra honom till ett jagat villebråd. Det skulle inte vara möjligt hur gärna han än ville. För första gången i sitt liv var han inte redo att kriga längre och förstod hur hans hustru skulle reagera på hans förflyttning.

De två kvinnorna tittade upp när de hörde tre vita svanar lyfta från flodens vatten nere vid hamnen. Ljudet lät så befriande och de följde dem tysta med blicken en lång stund tills de försvann bakom hustaken. Det var en kylig dag, men vinden var svag och ett bedrägligt lugn hade infunnit sig i staden. Ingen visste hur länge till denna stad skulle tillhöra Sverige. Brigitta och Maria fortsatte sin promenad.

"Följ med mig till hemlandet." Maria hade tidigare pekat ut skeppet som låg vid flodbädden, skeppet som skulle ta henne över östersjön om några dagar. Skepparen hade lovat att hon skulle få följa med båten med last till Karlshamn, något hon såg fram emot.

"Mina släktingar kan nog ordna ett boende till oss båda och där kan vi ju vänta tills kriget tar slut och din Jonas kommer tillbaka," fortsatte hon.

Brigitta lovade att fundera någon dag på detta, men visste innerst inne att hon ville vara med sin make. Hon hade lovat att älska honom i nöd och lust, därför var det givet att hon skulle vara tillsammans med honom. Med stor vånda och långa funderingar tog hon beslutet att följa sin make i fälttåget

34

mot Ukraina. Hon hade inga släktingar kvar i Sverige, så att resa hem var inte tänkbart längre. Men tvekan var ändå svår, därför att hon förstod vilka umbäranden det skulle innebära. Att stanna kvar och bli en del av det ryska samhället var inte heller något alternativ. Beslutet var därmed givet, ansåg hon utan att veta vad ödet skulle ha i beredskap.

Hon tog ett smärtsamt farväl av maria, som varit hennes vän och stöd under åren i Riga. De lovade varandra att ses igen, även om de kanske innerst inne visste att det inte skulle ske. Att följa med en krigshär genom Europa var så osäkert och fyllt av faror, så Brigitta förstod att kommande händelser skulle styra hennes liv i fortsättningen.

De gjorde sig av med de få möbler och andra tillhörigheter de inte kunde ta med sig och lämnade Riga. Hon gjorde ett sista besök på kyrkogården före avfärden.

14

Under den långa vistelsen i Rawicz, hade Karl XII avsatt den polske kungen och sett till att det tillsattes en ny vid namn Stanislaw. Polen var nu en lydstat till Sverige och skulle delta i kriget mot Ryssland, helt efter den svenska kungens beräkningar och vilja.

Renat såg att det kom ett stort antal prominenta gäster på besök i högkvarteret, kungligheter, diplomater och affärsmän. Dessutom kom hustrur till officerare för att besöka sina makar, som varit hemifrån så länge och skulle förmodligen vara det på obestämd tid. Det kom också döttrar, släktingar och vänner. Fester, baler och maskerader avlöste varandra, det fanns mat och dryck i överflöd. Kanske behövdes detta uppsluppna liv och festande innan stora drabbningar snart skulle påbörjas. Kungen själv var segerviss och bekymrade sig inte så mycket.

Johan Gustaf hade inte den befälsgraden så att han fick delta i festligheterna, men det var ändå ett trevligt avbrott i det grymma kriget. Många av hans kamrater hade dött i drabbningar med fienden, andra låg svårt skadade på fältsjukhuset. Han visste inte när det skulle vara hans tur att hamna där, eller rentav dö, men ville inte tänka på det. Han fortsatte med sin dagbok och skisser som började bli ganska många. Renat ritade konstruktioner av kanoner, både de som ingick i svenska armén och de som beslagtagits. Han förde noggranna anteckningar om avfyrningstekniken och samlade skisserna på ett säkert ställe.

Et brev hemifrån berättade att hans far hade gått bort. Begravningen var redan ombesörjd när han läste brevet från systern. Hon hälsade och hoppades de skulle ses snart och berättade också att hon nu hade tio barn och att två var döda.

De hade nu avverkat nästan fyrtio mil på knappt tjugo dagar i dålig terräng och stötte på ryssar vid floden Njemen. Fienden ville inte möta den fruktade svenska hären och flydde in i staden Grodno. Kungen lät bli att anfalla och lät sina soldater vila och stannade upp i läger i närheten av Lutsk.

Renat var trött på kriget, som han nu i sex år deltagit i. Även om de svenska krigarna var fruktade, anade han att de snart skulle få det riktigt besvärligt. Men kungen samlade sina styrkor när Rhenskiöld anslöt sig och de tågade vidare med nio tusen man. Fortfarande väntade man på ytterligare förstärkning av Levenhaupts män och tillsammans skulle de bli en stark och oslagbar krigsmakt. Så var tanken.

37

15

På hösten förenades äntligen Levenhaupts armé med Karl XII:s vid Starodub. Kungen fick en chock. Istället för ett efterlängtat tillskott på tolv tusen man, artilleri, ammunition och livsmedel, fick han sju tusen tomhänta, utslita soldater med svag krigsvilja. Detta var förstås en stor missräkning och kungen började bli missmodig.

Brigitta hjälpte till i en av trossvagnarna under den över åttio mil långa färden från Riga, genom Kurland och Polen. De dåliga vägarna gjorde att det gick i ett makligt tempo. Förutom soldater, officerare, kanoner och annat krigsmatriell, tillhörde också förråd, livsmedel och anhöriga. Det var en stor kolonn som transporterades söderut. Det förekom flera drabbningar längs färdvägen och många hade fått sätta livet till. Hon ångrade många gånger att hon följt med, när hon på nära håll såg krigets baksida och fasor, men såg också en uppgift att hjälpa till där hon kunde.

När de kom till Ljesna vid floden Dnepr anföll ryssarna plötsligt, en strid som höll på i åtta timmar. På natten gav Levenhaupt order om att fortsätta marschen. Det snöade ymnigt och disciplinen i armén var i upplösning. Brigitta hade fullt upp med att försöka avstyra att soldaterna plundrade transportvagnarna på mat. De var givetvis hungriga och det gick inte att stå emot deras uppdämda behov. De söp sig fulla och många gick vilse i skogen. Där blev de lätta byten för fienden som fanns i närheten. Det blev en snabb avfärd för att undvika ryssarnas segervittring, på bekostnad av förluster av både soldater, trossvagnar och artilleripjäser, som måste sänkas i träsken.

Utmattad försökte hon vila i sin vagn, hon visste att när det blev morgon skulle koktrossen ställas upp och utspisning skulle ske. Jonas hade hon inte sett på tre dagar, men hon hoppades att han var välbehållen. Snart skulle de slå läger igen ryktades det om och då fanns nog en möjlighet att träffa honom. Brigitta började lära sig de enformiga rutinerna och att aldrig riktigt veta vad som var på gång vid fronten. Lewenhaupt tycktes inte veta var kungen befann sig och fortsatte i den planerade riktningen, tills ett bud från kungen dök upp och meddelade att de skulle vika av österut.

Hon blev vän med några andra soldatkvinnor som också följde sina män. En del hade små barn med sig i den miserabla miljön där deras uppväxt präglades av krig och transporter, utan tillfälle till platser att leka på. Brigitta kunde efter den svåra förlossningen inte få fler barn, vilket hon nu var tacksam för. Barnen var ibland otröstliga när de hörde kanoninfernot runt dem. Kvinnorna skyddade dem så gott det gick, men kriget satte sina spår i alla. Ibland sjöng hon sånger och läste sagor för barnen, sagor hon kom ihåg från sin egen barndom.

En av dem som ingick i Jonas kompani och som också var fältväbel, var Jacob Burman. Hon hade lärt känna honom genom Jonas när de träffades i förläggningen en kväll. Jacob var från Småland och född på gården Änganäs i Norra Sandsjö, berättade han. Hon anade en mognad hos honom som var större än åldern och det barnsliga utseendet skvallrade om. Han berättade om sin släkt, hur han som ung värvats till armén och att hans far och farfar också varit militärer. Han visade ett brev hemifrån i vilket man berättade om svår hungersnöd och att pesten härjade i landet. Många hade dött i hans trakter hemma i Småland.

Hon drömde inte längre om den flöjtspelande pojken, men alltid när Sverige kom på tal gick hennes tankar tillbaka på sitt behagliga liv som ung på Bäckaskogs Kungsgård. På sin moster och deras kvällsstunder med handarbete, så avlägset det liv hon nu förde.

I lägret var det aldrig tyst, inte ens på natten. Från sjuktältet kunde de höra jämmer och skrik från någon med fantomsmärtor efter amputerade ben, eller från skadade soldater med svårläkta sår. Hon kunde inte vänja sig vid dessa ljud och önskade hon kunde göra något mer för dessa stackars soldater.

*

Kungen var sårad. Vid en rekognosering vid floden Vorskla råkade han komma inom skotthåll för den ryska posteringen. Någon avfyrade plötsligt en musköt och skottet träffade

40

Kungen i vänstra foten. Efter tre timmar var han tillbaka i sitt läger och föll avsvimmad av hästen. En sjukvårdare tog bort kulan och lade om såret.

Oron spred sig bland soldaterna, som hela tiden trott att kungen var osårbar. Men nu hade han träffats av en kula och ingen visste om han kunde föra befäl längre. Två hästar hade dött tidigare för honom, men själv hade han inte fått en skråma. Såret infekterades, han fick hög feber och flyttades till ett kloster i närheten för att vila och behandling. Renskiöld och Lewenhaupt höll ställningarna under tiden på order från kungen.

Ryktet om kungens skada spred sig även till det ryska lägret och Tsar Peter förberedde sin armé för en överrumpling. Nu såg han sin chans mot den hälften så stora svenska armén, med en befälhavare som var skadad.

På kvällen den 27 juni började den svenska hären gruppera sig för strid. Kungen som själv inte kunde leda trupperna, red runt på sin hästburna bår och inspekterade. Renskiöld skulle få ansvaret att föra befälet och Lewenhaupt var på dåligt humör. Artilleriet stod kvar tillsammans med trossen och sjuklägret fyra kilometer längre bak, väster om Poltava.

När det började ljusna på morgonen dagen efter började ryssarna överraskande skjuta med artilleriled. Förvirring uppstod i de svenska leden, som resulterade i ett fruktansvärt dödande. Från trossen hördes oväsendet från artilleriet hela dagen. Brigitta och de andra kvinnorna var oroliga och bad till Gud att just deras män skulle klara sig helskinnade från detta inferno. Men alla anade att det hade blivit många döda och sårade med tanke på den intensiva beskjutningen. Dagen gick och inga rapporter kom från fronten. Fältprästen höll en kort aftonbön för de som ville närvara. De som samlats höll varandra i händerna och satt tysta, djupt försjunkna i sina egna tankar. Vinden förde med sig krutröken från slagfältet, som en extra börda att bära för dem. En del grät tysta över sin egen otillräcklighet. Det var en ödesmättad kväll, som sakta övergick till natt, men det var omöjligt att komma till ro och sova.

Nästa förmiddag fick Brigitta och den kvarlämnade trossen veta att den svenska armén lidit ett stort nederlag. De förstod att katastrofen var ett faktum. På slagfältet lämnades åtta tusen stupade soldater, de flesta döda, andra svårt sårade utan att någon kunde ta hand om dem. Många togs tillfånga, däribland den ställföreträdande ledaren för striden, Renskiöld.

Hon kunde inte tänka klart längre. Tröttheten och hopplösheten drog henne ner i en djup grop, som det var omöjligt att kravla sig upp ur. Allt kändes så meningslöst, allt dödande var av ondo. Ovissheten plågade henne. Var hennes make bland de döda? Ingen visste något, inga besked kom, allt var kaotiskt.

Så kom en order att hela trossen och resten av artilleriet skulle göra sig beredda för avmarsch. Trots tröttheten och oron samlade de sina krafter och tillsammans med resterna av den svenska armén började de tåga söderut för att försöka ta sig över floden Dnepr och undkomma ryssarna. Hela natten marscherade de med undantag för ett stopp på några timmar, men fortsatte snart eftersom ryska trupper var dem hack i häl.

Floden visade sig vara mycket bred och strömmar gjorde det omöjligt att vada över med tross, artilleri och soldater. En bro skulle behöva byggas, men material fanns inte inom räckhåll för en snabb reträtt. En del soldater försökte desperata på eget bevåg simma över floden för att rädda sig från att bli gripna. De drunknade i det strida vattnet och paniken var nära.

Den beckmörka ukrainska natten hade infunnit sig. Brigitta såg med fasa hur man brände trossvagnarna för att underlätta morgonens flykt över floden i ett tappert försök. Den febersjuke kungen och ett litet antal karoliner, som köpslagit om de fåtal platserna i de små båtar som fanns tillgängliga, skulle sätta sig i säkerhet. Resten av armén med Lewenhaupt som ledare skulle gå längre söderut, för att ta sig över floden vid ett smalare ställe. Förtvivlan och fruktan gjorde sällskap med hopplösheten för de som nu inväntade sitt öde.

16

Det var tidig morgon, som ett väntrum mellan natt och dag. Det var också ett väntrum för besked om liv eller död. Han frös trots att solen började värma och det skulle bli ytterligare en varm dag. En lång kö bildades till någon form av oorganiserad utspisning. Nu fanns även kvinnor och barn samlade i lägret. Många av barnen skrek, andra stod med skräckfyllda ansikten där gråten fastnat i halsen. Mammorna höll om sina barn och sökte efter sin man bland de överlevande. Det var näst intill en omöjlighet. En del gick runt och frågade, men alla var så upptagna med sina egna bekymmer att inga svar gavs. Det fanns än så länge inga svar.

Solen brände obarmhärtigt och inget skydd fanns att tillgå. Barnens gråt övergick till svagt jämmer, medan kvinnorna försökte lugna dem så gott det gick. Alla var införstådda med att det snart skulle bli avbrott och kanske en lång marsch bort från de annalkande ryssarna. Renat tänkte på sin mor och systrarna hemma i Sverige. Han skulle så snart tillfälle gavs skicka ett brev hem ocj berätta. Det lättade något vid tanken på hemlandet och han visste att det inte fanns någon återvändo just nu. Renat var lång och stark, med ganska bra kondition, därför kände han att kriget var trots allt hans fortsatta uppgift. Han hade klarat sig helskinnad från drabbningen och skulle kämpa för sin överlevnad även i fortsättningen.

Han lutade sig tillbaka mot ränseln med händer runt kroppen och koncentrerade sig på den svaga vinden som förde med sig lätta moln på förmiddagshimlen. Han och alla andra väntade fortfarande på beskedet om marschen söderut, men Levenhaupt och de andra höga befälen tycktes dröja i sina överläggningar. Det brådskade, för det kunde inte dröja länge förrän ryssen var i antågande. Nervositeten spred sig bland soldaterna, som sneglade mot det väderstreck de visste att fienden skulle komma från. Några försökte på nytt ta sig över Dnepr på små egentillverkade flottar, men de brots sonder i den starka strommen. Soldaterna var inte simkunniga och drunknade i floden. Alla undrade när order om uppbrott skulle komma, nervösa blickar möttes, men de var för utmattade för att orka prata.

Så äntligen kom ett besked. Det oväntade beslutet skulle för lång tid förändra livet för alla.

I fångenskap

17

Framför dem låg nittio mil av långsam marsch mot Moskva. Männen gick till fots, utan sina värjor och med besvikelse och fruktan i sina ögon. Kvinnorna och barnen åkte i vagnar. Sammanlagt var de över tjugo tusen svenskar som nu hamnat i rysk fångenskap.

Efter kungens flykt över floden verkade förvirringen mer påtaglig. Lewenhaupt rådgjorde med några av sina närmaste officerare och frågade till och med soldaterna vad de ville. Soldaterna ville strida, åtminstone en del av dem, men ledaren bestämde sig trots allt för att kapitulera. Han visste att kungen aldrig skulle förlåta honom, ändå fattade han det svåra, men kanske mest förnuftiga beslut, som senare skulle kosta honom själv livet, men rädda åtskilliga svenskars liv. Men det var också på bekostnad av ett liv i fångenskap. De tillfångatagna karolinerna och övriga fördes tillbaka till Poltava.

Brigitta fick se Jacob Burman och sprang mot honom där han marscherade längre fram. Hon ropade hans namn. Hon hade de två senaste dagarna sökt efter sin make, men i den kaotiska förvirringen hade hon inte lyckats hitta honom. Tårarna strömmade nerför kinderna när hon kom fram till Jacob. Han var nerstämd och inte längre den ståtlige man

47

hon en gång lärt känna. Tillsammans med andra soldater som lämnat ifrån sig sina vapen gick de sammanbita mödosamt framåt, pådrivna av ryska vakter. Några tog chansen att rymma när de nådde någon träddunge, men blev oftast infångade och slagna.

"Har du sett min man?" snyftade hon och fruktade svaret.

"Vet du om han lever?

Jacob tittade förstrött upp, som om han inte uppfattade frågan. Han betraktade henne med färglösa ögon. Det tidigare barnsliga utseendet var förändrat och hade åldrats på kort tid. Hon tyckte tiden stod stilla. Det gick en lång stund som verkade som en evighet, innan han med grötig röst berättade att Jonas åkte i en sjukvagn längre bak och var lätt skadad. Han hade en svårläkt skada på ett ben och var oförmögen att gå. Jacob lovade att ta kontakt med honom vid nästa nattläger och berätta om deras möte.

Hon andades ut och var nöjd med svaret. Hon hoppade upp i vagnen hon delade med andra soldathustrur. Alla var tysta och allvarsamma och sjönk in i sin egen värld. I andra vagnar fanns pigor, och kvinnor med barn. I mån av plats fick även prästerna åka med.

Solen brände obarmhärtigt, det verkade som att juli månad skulle bli den varmaste på länge. Soldaterna beklagade sig över vattenransonerna och några tuppade av i värmen, men drog upp på fötter av sina kamrater. Landskapet framför dem gav inget skydd, ingen svalka fanns. De såg stora slätter

48

Med jordbruksodlingar av spannmål mellan åar eller mindre floder som korsade deras väg. De hade bara avverkat tre mil de första två dagarna och det var nio mil kvar till Poltava, som skulle passeras på väg till Moskva.

"Jag trodde inte jag skulle få se dig igen", snyftade hon krampaktigt medan tårarna började flöda. Det gick inte längre att hejda dem. Hon kröp in i Jonas famn och rufsade honom i håret. Lukten av honom var försvunnen, bortsköljd av den tid och händelser som passerat. Den var nu ersatt av steriliseringsvätska och kall jord.

"Men du kom tillbaka och vi är tillsammans nu".'

Brigitta lutade sig mot sin make och de satt länge tysta i den varma sommarkvällen. I en helt annan värld hade det varit en underbar romantisk kväll, men nu var situationen en annan. Framtiden var oviss och de ville inte gärna prata om vad som skulle hända, de var bara tacksamma att vara i livet. Tids nog skulle de ta sig an de prövningar som utan tvekan skulle komma. Såret på benet skulle snart vara läkt och han förstod att han då var tvungen att traska med de andra soldaterna. Jacob Burman var ett stort stöd för honom, han tillverkade en krycka som Jonas kunde ta sig fram med, med viss möda.

Innan han gick till sin förläggning gav hon honom en bit bröd och ett stycke fläsk, som hon kunde undvara.

18

Dagarna som följde var sig lika. I sakta mak gick marschen framåt, soldaterna och officerarna först, sedan material, förnödenheter, kvinnor och barn i vagnar som ett långt lämmeltåg. Ryssarna hade ingen lätt uppgift att bevaka alla, det hände att någon eller några avvek och gömde sig i någon grop eller bäck de passerade. De skulle antagligen inte ha en chans att klara sig levande därifrån, men desperationen fanns hos alla och en del satsade allt på ett kort. De skulle vara tvungna att stjäla mat och hålla sig gömda på dagarna, för att vandra så långt som möjligt om nätterna. Tanken var för dem att ta sig upp till Baltikum och därifrån till Sverige, men de visste att det lurade många faror på vägen dit. Det inte att lita på någon längre.

Terrängen började ändra karaktär, slättlandet övergick till mer kuperat landskap och skogar som skulle passeras genom blev fler och fler. För det mesta var det en stillsam och tyst marsch, men inne i skogen hördes högljudda suckar eka mellan trädstammarna, när kvällsdimman lade sig över skogen, som ett lugnande hölje.

I nattlägret satt Johan Gustaf Renat och skrev brev hem i hopp om att han snart kunde skicka iväg det. Dagboken som

50

fanns i ränseln förde han med största noggrannhet, något som numera tillhörde dagsrutinerna. Han noterade också observationer under marschen, som floder, åsar, skogar och annat. Renat lade märke till namnen på de byar som de gick förbi och förde in namnen på sin karta.

Den enformiga transporten avbröts bara med matrast mitt på dagen, sen drog de vidare igen med ryska svordomar haglande över dem. En menig soldat fick raserianfall och gick till attack mot en rysk soldat. Svensken fick in ett välriktat slag i ansiktet på ryssen som stöp i backen. Några kom till svenskens hjälp och bultade på den liggande ryssen. Fler ryska soldater kom till undsättning, drog undan deras skadade kamrat och riktade vapnen mot de fyra svenskarna. De uppmanades att vända ryggen till och gå bort från platsen. En stund senare hördes fyra gevärsskott.

Tanken på att försöka fly fanns därför inte i Renats värld. Det han såg skrämde honom och han var fast i sin övertygelse att han en dag skulle dra nytta av sina erfarenheter och kunskaper för att bli fri. Då var det dumt att riskera livet redan nu. Han var ju bara tjugoåtta år och planerade för en bättre framtid, åtminstone föreställde han sig det för att hålla modet uppe.

19

De ryska soldaterna blev mer och mer irriterade ju närmare Poltava man kom. Tidsplanen skulle hållas till varje pris, ingenting skulle få rucka på den. Tsar Peter planerade att hålla en segerfest över den svenska armén stundande helg i staden, som låg intill floden Vorskla, men de svenska karolinerna skulle först i julihettan aktivt leta efter sårade på slagfältet och begrava de döda i sitt utmattade tillstånd.

Därför hördes svordomar när en av vagnarna med kvinnor och barn körde på en sten och ett av hjulen blev skadat. Soldaterna uppmanade kvinnorna att hoppa ut och marschera med männen. Ingen tid fick förspillas. Några meniga svenskar valdes ut att reparera vagnen, som vaktades av tre ryssar med laddade vapen. Kunskapen om reparation av hjul var inte ynglingarnas starka sida, de var unga pojkar som inte kunde annat än hantera sin värja. Så småningom fick de mot alla odds vagnen körduglig, men nu hade mörkret infunnit sig och den ljumma kvällen övergick snart till natt. Ingen mat hade de fått under dagen, knappt något vatten heller och de var helt slut av utmattning. Ryssarna skrattade bara när de bad om något att äta, men lät dem på grund av förseningen åka i vagnen fram till nattlägret en dryg mil bort. I lägret hittade de något ätbart innan de somnade som stockar.

Nästa dag skulle man avverka den sista sträckan till Poltava, en färd på två mil, något längre än vanligt. Solen var fortfarande stekhet mitt på dagen och törsten var ett stort problem. Vattnet som fanns var förorenat och otjänligt att dricka. De som till äventyrs trotsade detta blev magsjuka med svåra diarréer. Därför fick de sjuka åka i vagnarna och kvinnor och barn fick gå. De kunde naturligtvis inte gå så fort, men manades på av ryssarna och fick nästan småspringa stundtals. De små barnen led värst av marschen och jämrade sig ljudligt, med nya irritationer hos ryssarna. De var plågade av den omilda behandlingen de fick utstå.

Brigitta lunkade tillsammans med sin make över steppen. De såg kor beta på ängar där bönder odlat upp marken och drev små jordbruk. Rena idyllen i ett annat sammanhang. Här och var fanns grönskande buskage intill små floder i landskapet. I övrigt var det en enda gräsöken, utan skydd för den brännande solen. Hon mindes sin barndoms somrar i Skåne. Sköna dagar då de kunde bada i Ivösjön och efteråt få saft och en mandelskorpa hemma hos mostern. Som liten flicka fanns det just då inget att oroa sig för, livet låg framför henne, så oändligt tyckte hon att ingenting brådskade. Men livet hade verkligen tagit en obehaglig vändning, som hon inte kunde värja sig ifrån. Detta var dock hennes eget val och nu måste hon försöka klara strapatserna.

Hon rycktes upp från sina tankar, när en kvinna svimmade av utmattning i den tryckande värmen. Hon hade inte druckit något på länge på grund av det otjänliga vattnet och kändes febrig. Ansiktet var blossande rött och när hon kvicknat till klagade hon på huvudvärk. Någon gav henne lite öl att dricka, ett brödstycke trollades fram medan de skyggade henne med sina kroppar. Ryssarna svor över stoppet och kvinnan fick fortsätta, med hjälp av andra. De som hade pengar kunde köpa öl att släcka törsten med och man försökte dela med sig till de som var barskrapade.

Det blev ingen nattsömn. De hade fortfarande en mil kvar och fångarna skulle enligt ordern vara på plats i staden på morgonen inför det stora firandet av ryska segern. Efter två timmars vila fick de på nytt börja marschera. Klockan var nu två på natten, alla var utmattade och behövde sin nattsömn. Med stor möda samlade de sina sista krafter och började gå igen.

De hoppades på bättre villkor, med mat, dryck och framför allt vila snart. De nådde fram just när gryningen kom och solen spred ett rosa skimmer över Poltava. Men det var ingen som hade ork att bry sig om så triviala saker. Utmattade fick de en stunds rast i utkanten av staden och snart väntade Tsar Peter på dem.

*

Den ryska segern firades med att de svenska fångarna mot sin vilja tvingades marschera med pukor och fanor på huvudgatan, medan folket nyfiket tittade på de en gång så fruktade krigarna, som satt skräck i Ryssland. Triumfen var total för Tsaren, som trots allt inbjöd de högsta befälen i den svenska truppen vid en stor festmiddag. Vid sin sida hade Tsaren placerat Renskiöld, som han förvånande nog ändå beundrade. Som ett tecken på aktning för fältmarskalken lät han honom få tillbaka sin värja, mest som en symbolisk värdighet.

*

Efter en kort tid i Poltava skingrades svenskarna. De flesta av de meniga soldaterna och deras hustrur och barn hamnade på olika platser i Ukraina, för att utnyttjas i hårda arbeten. Officerarna fördes till andra städer i närheten, ovetande on vad som väntade dem. De fick nu vila upp sig efter den första etappen av fångenskapen och förstod att de skulle vidare snart. Brigitta och Jonas fick en tid att återhämta sig, men bensåret ville inte läka ordentligt. I slutet av november fick fångarna uppbrottsorder och påbörjade den långa marschen till Moskva. Tsaren ville fira med en hejdundrande segerparad i huvudstaden.

20

En månad senare

Från en by söder om Moskva tågade de många svenska krigsfångarna ackompanjerade av klockringning och saluter från kanoner mot staden, förbi Kremls murar och torn upp till ett stort torg. Gatorna i staden var täckta av röda mattor. Det var två dagar före jul, den 22 december 1709.

Marschen från Poltava genom Smolensk till Moskva var lång och mödosam. Det hade tagit dem nästan en månad att avverka de sjuttiotvå milen i sträng kyla. De hade ännu inte hunnit hämta sig från den förra marschen på sommaren och krafterna sinade av naturliga skäl. Brigitta var med sin man och gick vid hans sida långa sträckor. Hon märkte att han var nerstämd och haltade lätt. Såret på benet ville inte läka och utrustning för sjukvård var nästan obefintlig. Det var svårt att hitta mat och foder åt hästarna, eftersom byarna och städerna längs vägen hade förstörts eller plundrats under kriget. Hästarna svalt och orkade inte med att dra vagnarna, så många av dem dog. Följden blev att de flesta av fångarna fick gå, medan vagnar med last av olika slag lämnades kvar. Fångarna svalt också, maten räckte inte till nu när provianten lämnades kvar.

Det märkliga var att de gick nästan obevakade nu, de ryska soldaterna fanns i närheten om det behövdes och de höll sig i täten och längst bak i den ringlande kolonn av människor som förflyttade sig sakta framåt. Ingen vågade eller orkade fly, inte heller göra uppror, utan marscherade lydigt vidare ett steg i taget. Några märkte att Renat förde anteckningar över färdvägen, men vågade inte föra fram några tankar på flyktvägar med honom. Det skulle vara alltför riskabelt för alla. De bar sina egna säckar med den mat som portionerades ut, säckar som snart blev lättare för varje kilometer under den långa marschen i vinterkylan. En del av de svagaste dog av utmattning och fick begravas på platsen. Eftersom det var för hårt i marken gick det inte att gräva, utan graven blev oftast en snödriva eller bara några kvistar för att täcka kropparna.

Framme i Moskva placerades fångarna i tomma och nerkylda hus, med upp till fyrtio personer i varje rum. Det fanns inte tillräckligt med sängplatser, så de fick turas om att vila sig. Men sammanhållningen var otrolig, en hjälpsamhet mot de som bäst behövde den. Deras kläder var trasiga, de fick inte tillräckligt med mat och kylan var påträngande. Inomhus kunde de tränga ihop sig tätt tillsammans i en värme som var mättad av svett, de sanitära olägenheterna var stora och hygienen blev eftersatt.

Dagen före den stora paraden inspekterades krigsfångarna av Tsaren. De ställdes upp i rader och fick stå där i kylan i flera timmar, medan han red förbi på sin häst och pekade på de mest slita, sjuka och illa klädda soldaterna. Därefter lät han dela ut fårskinnspälsar, strumpor och skor till officerare och manskapet. Det var nollgradigt i luften. Snön som fallit ymnigt under natten hade slutat nu och man sopade de röda mattorna inför festligheterna. Så var det dags för den stora paraden att göra sin entré. Tolv tusen fångar hade förts samman för att förnedras inför folket. Detta var Tsarens stora triumf där han själv framstod som en mäktig person. Han var klädd i en svart kappa med ett brett blått band över bröstet. Han såg belåten ut i sitt svarta lockiga hår och med sin mustasch ansad.

Först gick fotsoldaterna, som sneglade oroligt på folkmassan längs vägen. Det tycktes som om alla Moskvas invånare på fyrtio tusen personer var där. Därefter kom i rangordning underofficerare, fänrikar, löjtnanter, kaptener och ryttmästare. Jacob Burman och Jonas Lindström ingick i denna grupp långt fram i ledet. Efter den kom majorer, överstelöjtnanter, överstar och generalerna. Sist av alla gick fältmarskalk Carl Gustav Renskiöld och greve Carl Piper. Utan sin häst såg man att Renskiöld haltade, beroende av en tuberkulosinfektion i det vänstra benet. För att öka förnedringen visades kungens bår som han fått lämna i slaget vid Poltava, därefter svenska pukor, standar och beslagtagna artilleripjäser.

Likt en fåraherde som föser sin skock red Tsaren följd av ett regemente med dragna värjor. Paraden var välregisserad in i minsta detalj, för att visa betydelsen av Rysslands seger.

Kortegen gick genom rader av folk, som stärkta av gratis sprit och mjöd dagen till ära, kastade glåpord och spottloskor mot svenskarna, till alla ryssars förtjusning. Vid varje triumfportal, som var sju till antalet stod blåsorkestrar och spelade. Där fanns också kosacker som utförde danser, gycklare och annat spektakel. Det delades ut gratis mat och brännvin till alla i staden. Fångarna däremot fick inte något att äta eller dricka under hela dagen. På det stora torget fanns en tron som Tsar Peter satt på, medan de svenska fångarna fick marschera förbi och tvingades buga för honom. Det var inte alla som förmådde sig att göra detta och fick då ett slag i ryggen av vakter med gevär. Så fortsatte festen med danser och musik, spriten flödade, vakter blev berusade och stämningen blev ibland riktigt hotfull i allt kaos. Tsaren själv tycktes också rejält berusad. Till sist var det ingen som hade kontroll över situationen, så fångarna lyckades fly därifrån efterhand som skrålet överröstade musiken och konsumtionen av sprit och mjöd ökade. Utmattade hjälpte de varandra till de iskalla bostäderna.

Tjänstefolk, kvinnor och barn var som tur var förskonade för denna förnedring, de fick stanna kvar i sina kalla rum. Brigitta tog chansen att vila sig, när en säng blev ledig. Hon tänkte på allt som hänt det senaste året, från beslutet att lämna Riga och följa med sin man ut i ett krig som inte var hennes och sluta med fångenskap i Ryssland.

Plötsligt hörde hon musik. Det lät först som smäckra toner

och hon försökte lokalisera var de kom ifrån. Hon närmade sig ett buskage och försökte tränga igenom, men kom inte fram. Men ljudet övergick till en annan sorts musik, en högljudd sådan med trummor som dånade i hennes huvud, Det kom närmare och hon försökte värja sig, men kom inte loss. Hon försökte skrika, men lyckades inte. Hon vaknade av att någon ruskade i henne.

"Du hade en mardröm," sa hennes make, som på kvällen återkommit från paraden. Han försökte le, men de trötta ögonen log inte. Han var helt slut och orkade inte ens äta mat som hon hade sparat till honom.

De hörde och såg fyrverkerierna som avslutade dagens festligheter i Moskva. Alla soldater som tvingats utstå spott och spe från befolkningen under paraden var nu hemma i sina bristfälliga bostäder. De var förolämpade och demoraliserade in i själen över detta spektakel de utsatts för. Hungriga och frusna sjönk de ihop med något utslitet täcke om kroppen och försökte sova sittande på golvet.

Nästa dag skulle festligheterna fortsätta och de svenska karolinerna på nytt visas upp.

21

Att behålla trettio tusen fångar i huvudstaden var en omöjlighet. Därför började man ganska snart skicka ut dem till olika platser för arbete med att bygga upp det stora landet. Officerarna fick tills vidare stanna kvar i Moskva, medan en del soldater skickades till södra Ryssland för att tjänstgöra på skeppsvarv i Voronesj. Andra skulle vara med och bygga upp den nya huvudstaden S:t Petersburg. Ytterligare några tusen soldater fick slita hårt i gruvor i östra delen av landet.

Brigitta och hennes man Jonas var än så länge kvar i Moskva och hoppades få bli det. Greve Carl Piper blev ledare för fångarnas centrala styrelse och fick till uppgift att ha uppsikt över dem, men också se till att de behandlades väl. Officerarna fick sitt underhåll från Sverige, medan övriga fångar var tvungna att söka jobb med jordbruksarbete, vedhuggning och annat för att klara livhanken. Moskvaborna började så sakta bli positivt inställde till de svenska fångarna, som fick röra sig ganska fritt. En del ryska familjer hjälpte dessutom soldaterna att överleva med mat och kläder.

En kväll när de som vanligt ätit tillsammans med Jacob Burman, talade han om att han snart skulle förflyttas. Han och fem tusen fångar skulle få marschera till södra delen av landet och arbeta vid anläggandet av staden Ziroda. De grät tyst och begrundade sina öden. Brigitta hade blivit fäst vid denne gänglige yngling från Småland. Han var förutom hennes make den ende vän hon kunde anförtro sig åt, en vän som hjälpt dem i svåra stunder. Nu skulle de skiljas åt för att troligen aldrig ses igen. En vecka senare lämnade han dem.

Livet som krigsfånge var påfrestande även för de som inte behövde arbeta så hårt. Många blev apatiska och sjuka av de enformiga och meningslösa dagarnas tristess. De led också av näringsbrist, en del genomgick personlighetsförändringar. Situationen i Moskva började bli desperat. Protester, slagsmål och oroligheter förekom mellan stadsborna och fångarna, som gick obevakade och förde busliv. Några började tänka ut olika sätt att fly från fångenskapen.

En dag lyckades major Otto von Rosen och kapten Henrik Wrangel rymma efter att ha sövt sina väktare med opium. Efter den händelsen försämrades fångarnas villkor avsevärt. Officerarna som tidigare kunnat röra sig fritt i staden, tvingades sitta inlåsta på sina rum, vilket inte blev så populärt. Dessutom fördes sju hundra meniga soldater till Kazan vid floden Volga för arbete. Tyvärr dog många av dem under marschen dit. Carl Piper i fångstyrelsen hade inte mycket att sätta emot denna nya stränga behandling.

Johan Gustaf Renat var kvar i Moskva, men förstod att hans

situation var ohållbar. Han hade inte någon hög officerstitel och var för den skull beredd på förflyttning. Han visste att en del av de höga befälen som inkvarterats hos tyska familjer fick erbjudande som hemlärare åt förmögna familjers barn. Själs fick han och ett stort antal fångar arbeta i en vapenverkstad, där man renoverade men också tillverkade artilleripjäser och kanoner. Arbetet var tungt och påfrestande, men passade ändå honom med det nyfunna intresset för vapen.

Brigitta var en av dem som fick kontakt med en förmögen tysk familj som behövde hjälp med hushållsarbete. Hon arbetade i deras kök tio timmar varje vecka och kunde på så sätt få med sig lite mat hem. Hon fick också en del avlagda kläder, både till sig och maken, vilket hon tacksamt tog emot. Det var inga slitna kläder, men familjen tycktes ha råd att själv köpa nya när det passade dem. I samma familj fanns det även andra fångar i arbete. Hon delade tjänst med en annan svenska, Ingeborg, som mist sin man vid Poltava. Hon hade kommit över den värsta sorgen och var glad att kunna arbeta och förtränga det svåra. I trädgården arbetade en tysk man som också var fånge och hade ingått i den svenska armén. Hon hade pratat med honom några gånger, han var lätt att få kontakt med och hon ville gärna bättra på sina kunskaper i tyska språket. Jonas hade först svårt att hitta något arbete, men efter en tid började han som snickare på ett husbygge. Livet tycktes nu bli lite ljusare, även om deras bostadsförhållande fortfarande var miserabelt. Det var kallt och dragigt och de blev ofta förkylda.

63

Nu när vintern började övergå till vår och kylan inte längre var så bitande, blev rummen de bodde i sakta uppvärmda av solen. De lyckades få tag på madrasser att ligga på och några filtar att svepa om sig. Avträdet fanns på gården och vatten att tvätta sig med kunde de hämta ur en brunn. De hade det drägligt, rutiner fyllde deras dagar, men trots allt var det något som gnagde.

Brigitta märkte att det inte stod rätt till med Jonas. Han hade stora humörsvängningar och var tidvis apatisk och frånvarande. Han försökte ändå arbeta, men uteblev ibland. Det hjälpte inte att det blivit sommar och varmt, något hon själv blev upplivad av. Hennes dagar var fyllda av vardagliga sysslor och försökte få sin make att acceptera livet som det var. Men ingenting hjälpte. Hon förstod att han var sjuk och behövde vård, men utan pengar fanns ingen hjälp att få. Hon tiggde och bad på sjukstugan i staden, men den var överfull av skadade ryska soldater som behövde lindring och vård i första hand. Hopplösheten grep tag i henne som så många gånger tidigare, förtvivlad fick hon se honom bli sämre. Den lilla mängd soppa han kunde få i sig var inte tillräcklig för att få krafter att motstå sjukdomen. Han magrade, blev sängliggande och dog en dag i slutet av sommaren, i det enkla rum som varit deras bostad under året de varit i Moskva.

Återigen hade hon drabbats av en obarmhärtig sorg. Hon var rädd, kände sig övergiven och dysterheten tyngde henne. Nu fanns det ingen hand som sträcktes ut för att lätta på bördan och sorgen. Brigitta kände sig förtvivlad.

64

Hon förbannade sin situation, det faktum att hon som nyss fyllt tjugosju år, satt fånge i ett främmande land, så långt hemifrån att hon inte kunde ens fatta vidden av det. Två män hade hon gett sin kärlek och troget följt dem på deras riskfyllda uppdrag, kämpat för sitt eget och deras liv till ingen nytta. Varför skulle hon straffas så hårt? Hon sjönk in i grubblerier och visste inte hur hon skulle klara av att leva. Hon bad till sin Gud om hjälp.

Det fanns andra ensamstående kvinnor i fångenskapen och hon visste hur svår deras situation var. Alla hade sin börda att bära och hon kunde inte räkna med någon hjälp från någon utomstående. Men samhörigheten fanns ändå där som en lugnande hand, som ett plåster på såren. Hon insåg att hon var fast i detta landet för obestämd tid.

En dag när hon arbetade hos den tyska familjen, såg hon sig själv i en spegel, vilket hon inte gjort på mycket länge. Hon ryggade tillbaka inför bilden som tycktes vara en äldre kvinna. Ansiktet hade förlorat mycket av sin blomning, håret var stripigt med mörkare nyanser än förr. Ögonen som förr var fyllda av glädje såg anklagande på henne. Ingeborg var nu till stor hjälp för henne och pratade mycket för att skingra de dystra tankarna. De förstod varandra bra eftersom de båda upplevt svåra sorger.

22

Förhållandena i Ziroda var svåra, fångarna tvingades arbeta många timmar om dagen, ibland även på natten. Hugg och slag förekom dagligen och maten var urusel. Ibland fick de bara mjöl att röra ut i vatten, för att få någon form av näring i sig. Men mjölet de fick var odugligt, vattnet orent och därför blev många sjuka och dog av både strapatserna och av utmattning. Pengar från Sverige, som skulle ge dem möjlighet att köpa mat och det nödvändigaste för sin hygien och kanske kläder uteblev. De hamnade oftast i ämbetsmännens fickor istället. Greve Piper satt i fångstyrelsen i Moskva och hade inte full kontroll till att börja med.

En del av fångarna sålde sina kläder till andra i arbetslägret för att få pengar till en bit mat och stilla hungern för någon dag. Jacob Burman såg andra tigga kött av bönder, kött av sjuka boskap som förkastats och skulle grävas ner. Invånarna upptäckte deras svåra situation och samlade in kollekt i kyrkan för de fattiga fångarna, men det räckte inte långt, de svenska fångarna var många. Trots all hjälp dog de som flugor, efter ett år hade över tre tusen av dem dött av för hårt arbete i kombination med näringsbrist och dålig sömn.

Fältväbel Wallberg och fem andra fångar lyckades fly från detta läger i Ziroda. De hade kommit ett bra stycke på vägen mot Moskva, genom att vandra på nätterna och vila på dagarna. De hade inget att äta och desperata tvingade hungern till sist dem att tigga bröd i en bondby. Det bar sig inte bättre än att bönderna tog dem tillfånga och de fick gråtfärdiga återvända tillbaka till det fruktade fånglägret. Där fick de sitta fastkedjade i sex veckor på vatten och mjöl i en mörk cell. Fyra av dem dog.

Jacob Burman var bland de knappt två tusen överlevande, som nu kommenderades till ett järnbruk i Lipsk, mellan Oral och Volgograd. Han hörde talas om pesten som härjade i Sverige och visste inte om hans tre syskon levde. Kanske hade släktingar drabbats, kanske fanns inga kvar på gården Änganäs hemma i Småland. Han förstod att det var svårt hemma också med sjukdomar och missväxt. Han levda trots allt, hade en okuvlig kraft och vilja att överleva. Han skulle klara av strafftiden även om det var tungt och svårt. Värst var att se sina kamrater tyna bort och han var tacksam att han klarat sig från sjukdomar än så länge.

23

Ett år senare

Den svenske Bataljonsprästen Andreas Westerman vände sig mot brudparet och de två vittnena. Efter några ord ur bibeln, som han nu slagit ihop frågade han:

"Tager du Brigitta Lindström denne man, Michael Ziems, nu till din äkta make och älska honom i nöd och lust?

Ceremonin var över och de nygifta var lättade. Brigitta hade sytt en klänning med hjälp av frun i familjen hon arbetade hos. De hade lärt känna varandra bra, Brigitta hjälpte till med allehanda sysslor och visade också prov på kunskaper i sömnad, något som väckte stor beundran. Familjen bjöd på en enkel måltid i sitt hus och brudparet kände sig nästan som familjemedlemmar.

På hösten en tid efter att hennes make gått bort, började Michael och Brigitta träffas allt oftare och prata. Han var från Mecklenburg, hade anslutit sig till den svenska armén och nu avancerat till löjtnant. Vid nederlaget i Narva hade han tagits tillfånga och skickats till Moskva, där han nu varit några år. Nu var han fånge och trädgårdsarbetare, det senare trivdes han ganska bra med. Han visade sig ha en

Humor i allt det svåra, något som smittade av sig på omgivningen. Brigitta tyckte om honom från allra första början, hon lärde sig hans språk på kort tid, även om han rättade till henne ibland. Det ryska språket försökte hon också lära sig och lånade en bok av frun i huset.

Mickael var två år äldre och som officer med löjtnants titel hade han det något bättre ställt än övriga soldater. Han var ungkarl och kunde som många svenskar röra sig ganska fritt, kunde köpa sig mat för pengarna som kom från svenska staten och hade dessutom ett arbete han trivdes med. Det gav honom en viss tillfredsställelse i det annars så osäkra livet som fånge. Han bjöd hem Brigitta till sitt lilla rum, som hade bättre standard än det hon delade med andra. En oljekamin gav skön värme, något hon inte var van vid.

När han så friade till henne en dag, tänkte hon noga igenom vad det skulle innebära. Hon var änka efter två män hon troget följt. Som änka var livet i fångenskap väldigt osäkert och riskabelt, det visste hon. Hon skulle inte få några pengar från hemlandet som krigsänka, tiden som fånge var oviss och det förkom både våldtäkter och kidnappningar av kvinnor hade hon hört.

Det gick rykte om en flicka som fanns där i Moskva, Lovisa von Burghausen, född i Narva i svenska Estland. Hon var dotter till general Gustaf vov Burghausen och hade vid belägringen av Narva kommit ifrån sin familj i kaoset som rådde. Föräldrarna och hennes systrar togs tillfånga, själv kidnappades hon och såldes som slav, sju år gammal till den ryske fursten Repkin. Hon sattes i ett nunnekloster i ter månader för att omvändas till den ortodoxa läran. Men hon kunde ingen ryska och blev då misshandlad som en hedning. Alldeles nyligen hade hon som fjortonåring fött en dotter, som tyvärr dog efter sex veckor.

Den hemska berättelsen skrämde Brigitta, som började fråga olika människor var hon kunde hitta flickan. Hon ville så gärna hjälpa henne och tänkte på sin egen situation, när hon själv som ung miste sitt barn. Jämförelsen haltade dock eftersom hon själv var lyckligt gift vid den händelsen, så hon förstod att Lovisa måste genom helvetets alla kval.

Brigitta funderade på framtiden som ensam änka i fångenskap i ett land långt bort i världen. Hon tyckte om Michael, även om hon kanske inte kände den riktiga kärleken efter så kort tid. Det fanns inte längre plats för drömmar, det skulle inte leda någonstans, bara slita sönder illusioner, Hon tänkte mer på det praktiska kring att giftermål och sin egen säkerhet, så hon tackade ja till att bli fru Ziems. Nu efter änkeårets slut var de ett par och kunde börja ett liv tillsammans.

24

Kvällsmörkret vilade tungt över staden, det var kyligt och de regntunga skyarna hängde lågt. Brigitta var insvept i kläder för att se ut som en rysk kvinna på väg i ett mycket brådskande ärende. Hennes make var inte förtjust över hennes kvällsutflykt i de osäkra kvarteren i Moskva. Men hon lovade att undvika de skummaste gatorna och skynda sig hem. Han hade fått en sträng hosta och var sängliggande med lätt feber sedan några dagar. Hon kunde inte släppa tanken på den unga flickan Lovisa och ville veta var den där fursten bodde. Vad hon i så fall skulle göra med den informationen visste hon över huvud taget inte, men hon måste ju börja någonstans. Nu var hon på väg till prästen som vigt dem, för att höra om han visste något. Andreas var lätt att prata med, kände som präst en stor medmänsklighet och månade om alla fångar, även om han själv också var det.

Han bjöd in henne i deras enkla bostad. Andreas var lång med ett runt ansikte och vänliga ögon. Skägg och hår hade han låtit växa och var i behov av ansning. Hustrun Karolina ordnade fram te och några kex och slog sig ner på en trästol i det spartanskt möblerade rummet. Ett bord, två stolar och två smala sängar var allt som fanns. Karolina var huvudet kortare än sin make och såg ut att vara i Brigittas ålder.

Hennes händer var smala och vita när hon sträckte sig fram för att hälla upp te. Det var ett trivsamt hem och Brigitta kände sig välkommen.

Prästen frågade vänligt hur det stod till med hennes make och när artigheterna var avklarade lade hon fram sitt ärende. De lyssnade på hennes berättelse utan att avbryta.

De hade båda också hört vissa rykten om den unga flickan och hennes föräldrar och var bestörta över den grymma värld de befann sig i. Som präst ville han alltid tro att Gud hade någon mening med allt, men nu tvekade han också.

"Vi har hört att hon födde en dotter," sa Karolina och fortsatte: "men hon bor inte hos fursten längre vad vi har hört. Flickan blev bortgift med den svenske kammartjänaren hos fursteparet, en sextonårig son till en fänrik och som var uppfostrad i rysk religion."

"Vet ni var hon finns?"

"Det är ju möjligt att de bor i någon stuga i närheten av fursten gods, men vi vet inte säkert."

De hade hört att förlossningen varit mycket svår för den unga flickan och att barnet avled efter en kort tid.

"Det måste väl gå att göra något för att hjälpa henne?"

" Tror inte att det går, eftersom hon som gift betraktas som ryska och då kan ju inte vi påverka myndigheterna."

Brigitta ville så gärna göra allt som gick för att rädda flickan rent mänskligt och vädjade om deras hjälp.

Det höll förstås Andreas med om och prästparet lovade att höra av sig om de fick mer information, som kunde användas till att på något sätt bistå Lovisa. Brigitta tackade för deras gästfrihet, svepte schalen om sig och skyndade hemåt. Det svaga skenet från gaslyktorna förmådde knappt lysa upp kullerstenarna hon gick på. Hon såg sig om flera gånger för att förvissa sig om att ingen följde efter henne. Fast det var tidig kväll var det inte många människor ute. Hon skyndade på stegen. Plötsligt gav hon upp ett kvävt skrik, när en katt hoppade ner från en soptunna i mörkret och fräste åt henne. Brigitta kände pulsen öka och stod en stund for att lugna ner sig. Hon hade inte så långt kvar nu.

Just som hon skulle runda hörnet på gatan, kom det ut tre män från en krog. De var ganska berusade och på det grova språket kunde hon höra att de var svenskar. Männen fick syn på henne och tilltalade henne med några ryska ord, som hon förstod var tillämpliga på en kvinna som de ansåg var ett villigt offer. Hon svarade inte först, utan försökte ta sig förbi dem. En av dem grep tag i henne, medan de försökte dra in henne i en gränd intill krogen. Hon kände spritångorna från männen och slet sig loss, grep tag i käppen hon haft med sig för att se ut som en gammal gumma. Hon slog efter dem medan hon hotade dem på det svenska modersmålet. De tappade fattningen och blängde surt på henne, med ofokuserade blickar, som om de blivit ertappade med att

Svära i kyrkan. Just då kom fler personer ut från krogen och svenskarna lommade slokörat därifrån. Hon hörde dem skråla en lång stund, innan hon skyndade runt hörnet och var hemma hos sin make och kunde andas ut.

Hon nämnde aldrig händelsen för honom, det skulle bara öka hans oro för henne. Men hon gjorde inga fler kvällsbesök på egen hand hos någon, det var alltför riskabelt förstod hon. De timmar hon arbetade hos familjen kom hon hem medan det var ljust ute och ibland hade Mickael och hon sällskap hem. Hans arbete i trädgården minskade nu på hösten och blev mer inriktat på vedhuggning för att samla ett förråd inför kommande vinter. Han fick krafter av arbetet och kände sig i bra form när febern hade släppt och han åter var arbetsför. Men snart blev det vinter igen, vilken i ordningen som fångar höll de inte räkning på. Dagarna kom och gick, det blev till inrutade rutiner i den trista verklighet de befann sig i. Det fanns ingen frihet eller möjlighet till ett liv som de själva ville bygga upp här. Dessutom gick det envisa rykten.

25

Ryktena visade sig vara sanna. Det fanns nu planer på att flytta fler fångar, denna gång österut. Anledningen var att det innebar en risk att ha svenska fångar nära frontlinjen i kriget mot Osmanska riket. De skulle kunna rymma och ansluta sig till den svenska armén igen, något som Tsar Peter ville förhindra. Därför förberedde ryssarna förflyttning av de flesta fångarna i Moskva, till olika städer österut, för att därefter fortsätta djupare in i Sibirien.

En stor grupp officersfångar kom till staden Clynov under vintern. De färdades i hästdragna slädar eller vagnar. De som hade råd att betala kunde få åka i egen släde, där de kunde sitta täckta med varma pälsar och filtar. De höga befälen hade sitt tjänstefolk med sig och ekipagen hade en behaglig resa över de snöklädda vidderna.

Johan Gustaf Renat var med bland dem som förflyttades, men som underofficer blev det vagntransport för hans del. Det gjorde inte honom så mycket, han var glad att slippa marschera. Arbetet i vapenverkstaden hade blivit tungt, att gjuta kanoner innebar stora påfrestningar för ryggen. Han var egentligen tacksam för ombytet, även om han inte visste vad som skulle hända nu. Han var ju fortfarande fånge. Det märktes trots allt att bevakningen inte var så sträng längre, man förutsatte tydligen att ingen skulle komma på idén att fly från en plats så långt bort från hemlandet mitt i vintern.

Chlynov var en liten stad på knappt fem tusen invånare. Det fanns en stadsmur i trä och sten runt staden, flera kyrkor med förgyllda lökkupoler och två broar som ledde över floden Kama till närliggande byar. Ytterligare en flod, Vjatka fanns på andra sidan staden och båda floderna var rika på fisk. Renat tyckte om naturen här och hans intresse för att rita sina kartor fick ny fart. Klimatet och de stora vidderna, det böljande landskapet med många floder, åar och bäckar, allt tog han till sig och märkte själv att han trivdes ni när vintern började släppa sitt grepp. Han skrev i sina anteckningar att den stora floden vid stadens västra sida var starkt trafikerad av segelfartyg och pråmar, som drogs med läderremmar av stora starka karlar som gick längs stränderna. I avsaknad av bra vägar användes vattenlederna, som var sammankopplade med varandra via ett nät av kanaler. Marken som bestod av slamavlagringar från floderna var mycket bördig och odlades upp. Allt detta noterade han flitigt och var imponerad av den enkla konsten att anpassa sig till naturen.

Renat lärde sig det ryska språket ganska snabbt och kunde prata med människor omkring sig om deras seder och bruk och skrev ner allt i sin dagbok. Även om han och de drygt ett hundra officerarna som placerats här fortfarande var fångar i främmande land och hade utegångsförbud nattetid,

76

kändes det ändå som en befrielse att komma ifrån det hårda arbetet. Att få tillbringa dagarna ute i den vackra naturen bättrade på hälsan och krafterna. Men Renat hade hört att de snart skulle vidare till Sibiriens huvudstad, Tobolsk och trodde sig förstå att ryssarna hade uppgifter åt dem där.

En av anledningarna till vidare förflyttning var att en stor ström av fångar nu kommit till Chlynov, där det började uppstå protester från befolkningen. Många klagade på fångarna, som de dessutom var tvungna att försörja enligt Tsarens order. Trots utegångsförbudet klagade man på att "svearna" var ute och härjade på stadens gator på nätterna. Det söps ganska rejält på krogarna. Vakterna som försökte stoppa dem slogs ner och ibland blev det stora slagsmål, som oftast slutade med svensk seger, för karolinerna var stora och starka. Dessutom var det skönt att kunna få ur sig sin instängda ilska över fångenskapen. En av bråkstakarna var major von Roland, en reslig smålänning, hade lärt sig att smyga ut genom bakdörren utan att bli upptäckt. Men en natt blev det stopp och han tvingades efter stort motstånd till sist tillbringa sina dagar i en annan bostad, som man bättre kunde övervaka. Han fick flytta från sitt varma rum med kakelugn och protesterade högljutt. Polis tillkallades och förhörde von Roland. När han hörde att protesterna gällde kakelugnen, lät han betala pengar ur statskassan för att en kakelugn skulle byggas i det hus som fången skulle förflyttas till.

Problemet löstes enkelt, men spänningarna mellan invånarna

och karolinerna försvann inte för det. Till sist insåg Tsaren att han behövde sina soldater i kriget och ansåg det som slöseri med resurser att bevaka fångar. Nu skulle de förflyttas längre in i Sibirien.

Renat visste ingenting om Sibirien och frågade folket i staden. Han fick då veta att Tobolsk låg på den stora slätten på andra sidan Uralbergen, en bergskedja nästan hundra mil bort. En dag var det dags och han tog farväl av de människor han lärt känna under två år och förberedde sig för nästa resa mot okänt mål.

Nu skulle han snart vara så långt hemifrån att han började inse att han kanske aldrig skulle få återse sitt Sverige. Han hade trivts här, men måste acceptera villkoren. Funderingar fanns på hur länge de skulle behöva straffas.

26

Nu visste alla fångarna i Moskva att de skulle få bege sig österut inom kort. De delades upp i olika enheter på drygt ett hundra fånga i varje. Tidigare på vintern hade man skickat iväg grupper till städer österut och nu var det tolv enheter kvar som skulle marschera till Sibirien. Man splittrade regemente och kompanier för att på så sätt undvika planerade utbrytningar och rymningsförsök. Kvinnor och barn blandades med männen och alla bävade nu för den långa färden. I allas minne fanns de andra marscherna och förtvivlan var stor.

Brigitta och hennes make Michael visste inte mycket om den nya platsen i Sibirien. I familjen de arbetade för fick de berättat för sig om det stora öde landet två hundra mil bort. På vintrarna var det mycket kallt, beroende på om man var i norra eller södra delen, De visste egentligen inte så mycket och ville inte fara med osanning och skrämma upp dem. En annan som visste mer, berättade att det fanns ett långsträckt bergsområde, Uralbergen, som sträckte sig från norr till söder och utgjorde gränsen till Sibirien. I norr var bergen höga, kanske upp till femton hundra meter, men längre söderut planade de ut med långsluttande dalsidor. Öster om Uralbergen fanns låglandet med mossor och lavar.

Här fanns också gräs och ljungväxter. Det skulle enligt mannen finnas många floder som genomkorsade landet. Här skulle Sibiriens huvudstad Tobolsk finnas. Längre öster bredde taigan ut sig.

Hon besökte prästen Andreas ett flertal gånger, men under dagtid för säkerhets skull. I början hade han ingen mer information angående flickan Lovisa. Men den här gången kunde han berätta hemska nyheter. Flickans make, den endast sjuttonårige pojken Johan, hade följt sin furste i fält, där han dog i sårfeber efter att ha blivit skadad i benet. Detta var för två månader sedan. Fursten fru, som var glad för smycken och ädelstenar och inte fick nog av ägodelar, gav alldeles nyss bort Lovisa som slav till furstinnan Cantemir, som gengåva för en diamant. Den nya fruns man var furste över Moldavien. Ingen visste var flickan fanns nu och Brigitta var bedrövad. Hon hade hoppats på att kunna få kontakt med flickan och hjälpa henne på något sätt. Nu var det näst intill omöjligt, eftersom de snart skulle bege sig iväg österut.

Greve Carl Piper hade nu fullt upp med att registrera om alla fångar som fördelades i det stora landet. Det var ett gediget arbete. Pengarna från svenska staten började tryta och som chef för fångstyrelsen kändes det hopplöst att fördela de futtiga slantarna till alla officerare. Men han visste att de meniga soldaterna hade det mer besvärligt, med sina hårda arbeten i gruvor och järnbruk. Han fick in rapporter om döda och försvunna personer varje dag och kände sig otillräcklig. Han skickade brev till Tsaren och bad om bättre villkor för fångarna, vilket ännu inte vunnit gehör.

Två grupper av fångar hade nu lämnat Moskva. Om två veckor skulle nästa enhet ge sig iväg och Brigitta och Michael var med bland dem som blivit varskodda om avmarsch. Denna månad var kall i Moskva, ner till tio minusgrader på dagarna. Hon tyckte inte om kyla, men hade hellre stannat kvar trots allt. De hade just börjat få det drägligare, en kamin värmde upp rummet de bodde i och de hade skaffat det nödvändigaste, Arbetet ve utökats för henne med några timmar till, medan Michael inte hade så mycket jobb nu på vintern. Vedhuggningen tog inte så stor tid i anspråk, så han arbetade bara en dag varje vecka. De övriga dagarna försökte han sig på att snickra bord, som han försökte sälja med klent resultat.

Som officer hade de förtur till en släde och Mickael började köpa pälsar och filtar för den långa och kalla resan till Sibirien. Det var i slutet av februari som de etthundra tjugo fångarna gav sig iväg, nittiotre män, tjugotvå kvinnor och fem barn. Solen hade ännu inte gått upp, när slädpartierna och vagnarna med facklor på sidorna lämnade Moskvas snöklädda gator.

27

Efter många strapatser var de nu äntligen framme i Tobolsk, i mitten av maj 1711. Fyra män hade dött under färden och tre var försvunna, möjligen hade de lyckats fly och kanske frusit ihjäl. Brigitta och Michael hade klarat resan bra, förutom förkylningar. När de kommit förbi de låga Uralbergen fick de lämna slädarna, eftersom det nu börjat töa och färden fortsatte med vagnar som skaffats fram. De tog sig över floder med båtar eller pråmar, där det inte fanns broar. Stäpp och öken bredde ut sig i det västra låglandet av Sibirien, med gränser mot Mongoliet, Kazakstan och Kina. Här var deras slutstation och vid första åsynen fick de en chock.

De möttes av en stor muromgärdad stad, belägen på en höjd och inklämd mellan två breda floder, Tobol och Irtysj. Det var en till ytan stor stad med tio tusen invånare och hade stenlagda gator och torg, men det var som att förflytta sig hundra år tillbaka i tiden. Människorna som till största delen var ryssar, bodde i enkla trähus. Som trängdes längs gator, försedda med plankor av trä som folk kunde gå på, så de slapp trampa i lera och gyttja. Oftast bodde de i små gårdar, avgränsat med ett plank. Bakom det fanns flera byggnader, där husbonden med familj bodde i gathuset som var försett med torvtak. I övriga byggnader bodde vuxna söner med sina familjer, andra hus var stall för boskap och hästar. En köksträdgård fanns för det mesta också. Grisar och höns strövade fritt bland sopor och avskräde på gatorna, där det också fanns gemensamma vattenbrunnar. En annan folkgrupp i staden var Tartarer, en muslimsk minoritet ursprungligen från Turkiet, De bodde i enklare hyddor med grästak vid floden eller i nedre delen av staden och höll sig mest för sig själva.

Inne i stugorna fanns stora breda bänkar längs väggarna där man satt och åt sina måltider vid ett bord. Till natten rullade man ut tjocka filtar och halmmadrasser på bänkarna att sova på. Fångarna blev inhysta två eller tre i varje hushåll och mötte en vardag som de inte var vana vid. Befolkningen var i allmänhet outbildade analfabeter, så det var lätt för svenskarna att imponera på dem med sina kunskaper. De ryska invånarna var nyfikna och ivriga att lära sig något nytt, medan andra såg med skepsis på förändringar.

Det tog tid att vänja sig vid allt det nya och försöka få ordning på sina liv i den situation de ny befann sig. Brigitta hade inte svårt för att anpassa sig, Hon hjälpte till i hushållet hos familjen de blivit tilldelade och kom bra överens med husmodern. Med lite språkövning kunde de så småningom förstå varandra bra och Brigitta var inte sen att lära ut av sitt kunnande i broderi. Hon kom över ett mycket tunt och väl bearbetat skinn och började sy penningpungar av det. Även tobakspåsar i mönstervävda silkestyger med påsydda snören som knytband, blev snart populära och kunde säljas med förtjänst.

Michael sökte sig till byggarbeten på ett företag som några tidigare anlända driftiga karoliner hade startat. De skaffade arbete, förhandlade om priser och utförde arbetet till stor belåtenhet. Andra började tillverka smycken, dosor och snidade föremål som de sålde. Karavaner med köpmän på väg till eller från Kina, Indien eller andra asiatiska länder stannade i Tobolsk för att vila, men också för att sälja och köpa varor. Det var stundtals en stor kommers och handelsstation i Tobolsk. Köpmännen blev intresserade av föremål som tillverkats, som efterhand spred sig över hela Ryssland.

Men det var inte alla som anpassade sig och i början av vistelsen var svenskarna illa sedda av invånarna. Åtminstone en liten del av dem. Fångarna kunde röra sig fritt och de unga karolinerna besökte ofta krogar på kvällarna. I samband med en brand spreds ett rykte att det var svenskarna som låg bakom. Det var i den tatariska delen av staden och man ringde i den stora klockan som väckte alla. Detta var den tredje branden på kort tid. Ryssar gick desperata ut och överföll de som kom i deras väg. När tumultet var över efter flera timmar, hade två kaptener, Lindberg och Kruse, samt fyra andra svenskar dödats och nästan hundra skadats svårt.

Efterhand förbättrades relationerna mellan fångarna och

Lokalbefolkningen. Under sommaren kom fler grupper av fångar som gjort samma resa från Moskva. De var trötta och vilsna i början, men fick hjälp av de som redan hade etablerat sig. Brigitta var som vanligt ute och tog emot de nyanlända svenskarna och den dagen i juli månad, när sommaren var som varmast, såg hon ett bekant ansikte bland de fångar som kom i en av de sista grupperna. Det var prästen Andreas och hans hustru Karolina. Hon blev innerligt glad att återse dem. Hon lyckades inte ge sig till känna just då, men visste att de snart skulle kunna träffas och prata.

Hon återvände hem för att pyssla i köksträdgården, ett arbete hon tyckte om. På vägen hem gick tankarna på den unga flickan och hennes öde. Hon kunde inte släppa tanken på Lovisa, det gjorde så ont att veta om hennes utsatthet i händerna på rika hänsynslösa människor. Det var frustrerande att inte kunna göra något för att rädda henne. Hon var tvungen att släppa grubblerierna för stunden, flickan var ju förstås borta i trakterna av Moskva och ingen visste ens om hon levde längre.

28

När hösten kom det året hade alla fångtransporter från Moskva kommit fram. Nu fanns det över ett tusen officerare och flera tusen andra svenskar i Tobolsk. Inte undra på att det var trångt i stugorna, när alla skulle placeras ut. De som skulle stanna där registrerades noggrant. Ålder, hälsotillstånd, militär grad och civilstånd noterades. Även deras kunskaper och färdigheter antecknades. De som behövdes för speciella arbetsuppgifter som byggnadsarbeten eller annat blev en stor grupp, övriga lämnades åt sitt öde. De kunde leva och arbeta obevakade och kunde tillbringa tiden som de ville. De försökte anpassa sig med att tjäna pengar till sitt uppehälle med enkla arbeten. Men det var inga stora pengar som flöt in för dem, det räckte knappt till mat och krogbesök.

Johan Gustaf Renat var med i den grupp som kom från Chlynov en dag i september månad. Han liksom många av de andra fångarna hade levt mest på gröt och bröd, som ryssarna delade ut till dem, men ibland kunde de som hade pengar köpa något extra i byarna de passerade. Eftersom de åkt iväg som sista enhet på sommaren var det barmark hela vägen till Tobolsk. Vid Uralbergen fanns det bara ett bergspass igenom innan de nådde stäppen på andra sidan.

Den gick förbi de ganska höga bergen i en smal passage, genom täta skogsdungar och förrädiska träskmarker, där många hästar och människor gått ner sig. Vägen var lerig och svårframkomlig. På nätterna var kylan besvärande och dagarna var stekheta. Ibland gick han till fots och lät andra åka, de som var sjuka och de som inte hade pengar till transport. De tog sig över åar och floder på timmerflottar som låg vid flodkanterna i deras väg. Ibland fanns båtar som han var med och rodde. Renat noterade och beskrev naturen, floderna och byarna, där olika folkslag bodde. Han ritade in vägar, skogar och slätter.

Människorna de träffade på var vänliga och hjälpsamma. Många kvinnor såg till att främlingarna fick mat, männen hjälpte till med transporter och berättade om lämpliga vadställen över strida bäckar. De flesta tyckte synd om de utsatta svenskarna. Alla fångarna hjälptes åt att klara de svåra strapatserna och längtade efter att komma fram. De hade som vanligt ingen aning om vad som väntade dem.

Inkvarteringen skedde i de stugor som fanns kvar och trängseln blev mer påtaglig för invånarna. Några fick bara ett fuktigt brygghus att bo i, men det fick duga så länge. Man fick inte ha några krav på standarden, som blev klart sämre ju fler som anlände, så svenskarna försökte att hjälpa de nya till bättre villkor.

Han såg upp mot den stora kyrkan på höjden och lökkupolen, som han hade hört var den enda i Sibirien. Renat tänkte ta upp ämnet kyrka på ett möte, som han hört förekom då och då bland svenskarna. Ingen kunde veta hur länge de skulle stanna här i denna stad så långt hemifrån, men en gissning var att detta var den sista anhalten under fångenskapen. Ett litet samhälle av svensk modell började ta form i Tobolsk, vilket var nödvändigt för de flesta. En kyrka bör vi också ha, tänkte Renat.

Han såg att befolkningens klädsel var av naturmaterial och antagligen tillverkad i hemmen. Det var kläder av ull eller linne. Läder och pälsskinn användes till vinterkappor och stövlar gjordes av tjock filt. Sommarskor tillverkade de av näver. På sin promenad genom staden lade han märke till att det var stor skillnad i byggnadssätt av husen. Ryssarnas hus var byggda i trä, ett material som hämtades från skogarna i närheten. Där växte tall, gran, ceder och lärkträd, som gav ett starkt byggmaterial. Han såg stockhus utan spik, så som man också byggde dem i Sverige.

Tartarernas stugor däremot såg annorlunda ut. Tomterna var mindre och där fanns inga köksträdgårdar. Husen var mestadels av lera blandat med hö och med platta tak av gräs. De hade inga fönster och dörren var så låg att man måste huka sig för att komma in. Men vid närmare eftertanke var det nog inte besvärligt för dem, tartarerna var ganska kortväxta. Som eldstad fanns en kamin med ett kort rökrör av trä. Dagsljus fick de från en öppning i taket, som vid dåligt väder täcktes för av en duk eller halmbal.

29

Tsar Peter hade beslutat att göra Tobolsk till huvudstad och centrum för utforskandet och exploaterandet av hela Sibirien. Man hade upptäckt rika fyndigheter av guld, koppar och järnmalm tillsammans med andra naturtillgångar. Därför tillsatte han greve Matjev Gagarin som guvernör för Sibirien och han blev placerad i Tobolsk, för att utveckla staden.

Det tog inte lång tid förrän fabriker började växa upp och krigsfångarna användes som billig och kunnig arbetskraft. Guvernören var en bra och rättskaffens man, som var mån om sina arbetare och gav dem betalt efter deras duglighet. Karolinerna som oftast fick vänta på de futtiga pengarna från Sverige via Moskva, kände att tillvaron var uthärdlig nu när de tjänade egna pengar.

De lärde sig språket hjälpligt och anpassade sig i samhället. Några alternativ fanns ju inte, det var alltför långt mellan byar och städer för att försöka ta sig därifrån utan att upptäckas, så inga flyktförsök gjordes. Det hade Tsaren räknat med, släppte all bevakning och tog sina soldater till fronten, där han ville återta de baltiska staterna från Sverige. Han lämnade dock kvar tusen man för att försvara staden mot mongolerna.

Nu påbörjades också byggandet av statsförvaltningens hus i sten, förstärkning av ringmuren och grävandet av en kanal, för att undvika fortsatta översvämningar. De allra flesta karolinerna var nu sysselsatta med arbete och fientligheterna från befolkningen minskade betydligt, tack vare greve Gagarin.

De som var duktiga i något hantverk klarade sig i regel bäst. Brigitta tillverkade sina läderpungar och broderade dukar som hon sålde i hantverksbutiker i staden. I ett stort hus med två våningar fanns små butiker, där hantverkare höll till och sålde sina produkter. Här etablerade sig duktiga svenska hantverkare snart. En silversmed vid namn Johan Skruuf tjänade snart så mycket pengar att han köpte en bit mark utanför Tobolsk och byggde ett hus att bo i. Tre officerare slog sig samman och tillverkade spelkort med stor framgång. Johan Barry var konstnärligt lagd och målade tavlor, Erik Eriksson tillverkade verktyg och andra såg möjligheten att tjäna pengar på något kreativt.

Michael Ziems arbetade fortfarande för byggbolaget under ledning av Johan Gottfrid, tillsammans med över ett hundra andra svenskar. Renat som förstod att denna form av arbete skulle minska nu när vintern kom, anslöt sig inte till denna skara, utan försökte sig på att snida skålar och slevar. Men mest sysslade han med sina kartor och anteckningar. Vad han skulle göra med sina ritningar och noteringar visste han inte. Han funderade på om han skulle fråga guvernören om råd och kanske delge Tsaren sina ritningar, men han tvekade. Kanske var det alltför riskabelt och kunde uppfattas som spionage, när det istället var nyfikenhet och en smula besatthet.

Han visste att andra karoliner också sysslade med att rita in vägar och deras framkomlighet, ungefär som han själv gjorde. En man vid namn Strahlenberg och hans befälhavare Axel Gyllenkrok, som var kvar i Moskva, höll också på med detta arbete i ett något större sammanhang. Renat visste att Strahlenberg hade klippt sönder handlingar i små bitar, stöpt in dem i vaxljus eller rullade in dem i nystan och gav dem till Carl Gustav Sparre som blivit utväxlad för ett år sedan och kunde åka hem till Sverige.

Han fick ett brev hemifrån, avsänt ett halvt år tidigare, där hans syster Maria kunde berätta att hon fortfarande bodde utanför Västervik i Småland, närmare bestämt i Västra Ed. Hennes man Fullmo Hammarstrand var inspektor vid Winäs gods och hon hade fött fjorton barn till världen. Tre av dem dog tyvärr i tidig ålder. Systern Sara hade också varit gift, men både hon och mannen hade dött i pesten, barnlösa. Hon hoppades att han mådde bra och snart fick komma hem.

Han började skriva på ett brev medan han funderade på sitt eget liv, Han skulle snart fylla trettio år och hade ingen kvinna vid sin sida. Han delade rum med Bergman, en man som fänriks, men blivit degraderad när han under den långa vandringen från Poltava hotat och förbannat sina egna förmän. Numera var han tyst och slöt sig inom sig själv. Han var inte något muntert sällskap för Renat.

91

Givetvis sneglade han ibland på änkorna som mist sina män och försökte få kontakt, men hittills var det ingen som nappat. Nu när kriget inte tog all kraft och tid i anspråk skulle det ju vara möjligt att ingå äktenskap, men det fanns få kvinnor och konkurrensen var stor. Han var kanske inte själv den som kvinnor i allmänhet föll för, kanske skulle han försöka bli något mer social. Ibland såg han efter de ryska flickor han mötte under dagarna och visste skillnaden mellan ungmör och gifta kvinnor. En ogift ung kvinna hade en lång fläta med ett band längst ner, små örhängen och ingen huvudbonad. De gifta eller änkorna hade två flätor, som de samlade runt huvudet eller i en knut i nacken. Först när en flicka hade uppnått en viss ålder fick hon fläta håret, vilket var signalen för män att kontakta föräldrarna och be om lov att uppvakta henne. Dessa signaler och tecken förstod inte alla svenska män och försökte ibland lägga an på gifta kvinnor, med stora konflikter som följd. Han fick väl se vad framtiden hade för honom, under tiden hade han sin hobby och deltog i sammankomster med andra svenskar som ordnades.

30

Tron på Gud var stor överallt där karolinerna bosatte sig. Det vet den religiösa gemenskapen som gjorde lojalitet och kamratskap möjligt att stundtals avgränsa sig från yttervärlden. Det var också deras bästa sätt mot tungsinne.

I Tobolsk samlades man i en lokal där de kunde hålla sina andaktsstunder. Man hade också sammankomster på svenska högtider och för att fira kungens födelsedag. Denna söndagskväll i oktober var ett stort antal på plats i lokalen som nästan blev överfull. Fru Beck hade gjort iordning maten och man satte sig till bords för att äta ugnspannkaka och havresoppa. Bröd och öl fanns också. I mängden kunde man se löjtnant Rohtlieb, den haltande kaptenen Vult, paret Brigitta och Michael Ziems, ryttmästare Ridderborg med sin unga hustru, Renat med sin tystlåtna rumskamrat Bergman, Johan Barry, silversmeden Skruuf och ett antal meniga som just varit ute och sjungit på gårdarna för att tjäna ihop några slantar.

Kapten Wreech klappade i händerna och började tala:

"Vi tacka dig himmelske fader, för din godhet mot oss stackars eländiga fångar, som nu var söndag kunna samlas kring en gemensam måltid som förr i tiden".

93

Så fortsatte tacksägelsen och övergick till information om personer i den svenska hären som sluppit ur extra hård fångenskap, om en läkares död och hans testamente av sidennattrocken och andra noteringar om karoliner i olika fångläger. Som avslutning meddelade han att greve Piper i fångstyrelsen nu dött i Moskva, eller som han uttryckte sig, "nu inträtt i sin himmels rättfärdighet."

Efter måltiden berättade han att de fått tillstånd av guvernören att bygga en svensk luthersk kyrka. Alla i salen applåderade och pratade i munnen på varandra. Sorlet hördes långt ut på gatan. Renat nickade förnöjt, hans tankar på kyrka föll i god jord. Man valde ut åldermannen Bror Rålamb, som också var församlingens representant, att vara med vid möten med den ryska statsförvaltningen.

Nu blev det en febril verksamhet att finansiera bygget. Kyrkan skulle placeras i närheten av den katolska kyrkan som byggts för polacker, som internerats i staden femtio år tidigare. Den kyrkan var i dåligt skick och ganska liten och låg i nedre delen av staden. Svenskarna ville bygga sin kyrka i sten, men fick motstånd från guvernören. På våren efter beslutet hade förankrats kunde de påbörja arbetet. Kyrkan skulle uppföras i trä blev det beslutat. Genom kollekt och insamlingar, där man fick nästan fyra hundra namn, kunde bygget finansieras fullt ut. Många svenskar arbetade dessutom ideellt för att snarast få kyrkan klar och Renat var en av dessa.

Under andakten den söndagskvällen hade Brigitta sökt efter

94

Prästen Andreas, men kunde inte se honom bland de närvarande. Därför hade hon gått fram till kapten Wreech efteråt och frågat var hon kunde hitta honom. Kaptenen hade i regel vetskap om var alla bodde. Han gav henne anvisningar till var i staden han hade sitt rum och var på väg att gå.

"Förresten, vet du någon som kan hjälpa till att undervisa barn?"

Brigitta hade sett undrande på kaptenen. Så berättade han att ett ryttmästarpar hade frågat honom om han kunde ta hand om deras son som var sex år gammal och undervisa honom. Föräldrarna var sjuka och fattiga och önskade inget hellre än att deras älskade pojke skulle få en bättre tillvaro än vad de kunde erbjuda. Kapten Curt von Wreech som var godhjärtad kunde inte säga nej. Men han hade ingen aning om hur man undervisar eller tar hand om barn, själv var han ju ogift. Men han såg det ändå som ett lägligt tillfälle att kunna bidra till gossens uppfostran och lära honom Guds ord samtidigt. Men han behövde hjälp och därför förhörde han sig nu om någon kunde bistå honom med detta.

Brigitta hade lovat att fråga kvinnor hon kände i staden och skulle återkomma i ärendet. När paret Ziems den kvällen vandrade hemåt i den sköna höstkvällen pratade de om allt som sagt på mötet och frågan som kapten Wreech ställt.

31

Nästa dag sökte hon upp prästen Andreas. Han och hustrun bodde i nedre delen av Tobolsk, i ett litet rum med kamin som värmde skönt. Mitt i rummet stod ett bord överdraget med en filt, ett tecken på att det egentligen var finrummet för en rysk familj, som nu fått överlämna det till svenskarna. Brigitta uttryckte sin glädje över att se dem igen och var nyfiken om det fanns några nyheter om flickan Lovisa.

Prästen berättade att furstinnan Cantemir som fått Lovisa i present hade dött kort efter den händelsen. Hovets bagare hade en fru som gärna ville ersätta Lovisa med sin egen dotter i hovet och försökte på något sätt förgifta flickan. Hon räddades till livet av en läkare som tyvärr inte anmälde det för polisen. Lovisa lyckades rymma från fursten och sökte skydd hos en engelsk köpman, som tydligen skickat henne till Archangelsk för att där undervisas i tyska och den evangeliska läran. Det hade kanske kunnat sluta bra, men hon angavs efter sju veckor av en tysk skräddare och fördes skrikande tillbaka till fursten av polis. Skräddaren fick en summa pengar vid överlämnandet. Lovisa kedjades gast till händer och fötter, så att de svullnade. Den stackars flickan var helt ifrån sig och blev nästan apatisk. Fursten båda döttrar tyckte väldigt synd om henne och mutade vakterna att ge henne linnedukar innanför de tunga järnbeslagen. De lyckades med det och såren kunde läkas.

Andreas hade svårt att berätta historien om Lovisas hemska öde och fick avbryta sig flera gånger. De bad tillsammans till Gud att hon snart skulle få det bättre, men förstod inte hur. Hela hennes liv hade tydligen varit ett enda lidande. Prästen hade sina kontakter i Moskva som rapporterade om allt som skedde där. Brigitta suckade djupt och tog farväl av Andreas och hans hustru. Hon hade inte vågat fråga, men nog var väl Karolina lite rund om magen? Var det så att ett barn var på väg?

På hemvägen funderade på hur Jacob Burman hade det, hon visste att många fångar slet hårt i järnbruket i Lipsk i södra Ryssland. Många hade dött av svåra umbäranden. Efter en lång tid hade hon fått rapporter från fångstyrelsen att Jacob levde, men arbetade hårt. Det gladde henne trots allt och önskade att han var med här i Tobolsk, där livet nu började ordna sig någorlunda bra. Även om de var fångar i Sibirien, så var det antagligen helt andra förutsättningar för Jacob. Sammanhållningen var bra här mellan svenskarna och de började bygga upp en social och aktiv verksamhet som i ett svenskt samhälle.

Kapten Wreech bodde i ett tvålkokeri, där ångan måste släppas ut genom en öppning, samtidigt som kylan strömmade in. Han var nu tvungen att söka en annan lokal för sin undervisning, som hade utökats med ytterligare två elever.

Från början kände han sig väldigt olämplig som lärare. Han var van vid att dela ut order och inte bli ifrågasatt. Tålamodet sattes på hårda prov, men han började samtidigt inse att de gamla värderingarna som han burit med sig i livet nu hade tappat sin mening. Det var kanske dags att sluta leva som en hårdför officer och istället försöka lära den unga generationen något annat.

Han skrev brev till sin vän, Herman Franke, en tysk som var i Moskva och bad om råd för sin undervisning. Franke engagerade sig och skickade både skolböcker och material till Tobolsk. Ibland kom det även pengar för verksamheten. Wreech hade nu fått hjälp av en annan officerare och fru Beck, som stod för maten vid andaktstunderna hjälpte till ibland, efter att Brigitta frågat om hon hade lust. Snart var det fler familjer som ville att deras barn skulle få komma till undervisningen och behovet gjorde det nödvändigt med en större skola. Han fick stöd i sina anspråk av sina kolleger och samlade ihop pengar för att kunna hyra eller möjligen köpa en byggnad för ändamålet.

32

Vintern var ovanligt mild, visserligen var det minusgrader i perioder, men däremellan ganska fina dagar och inte så mycket snö. Kyrkbygget gick stadigt framåt och de flesta dagarna gick det, att trots vinter, såga och sätta hop tjocka stockar till väggarna.

Anpassningen för både svenskar och ryssar tog sin tid. De hade olika religiösa synsätt som kunde vara obegripliga hos den andra parten i början. Krigsfångarna började snart finna sig allt bättre tillrätta i Tobolsk. De fångar som hade familj bosatte sig i övergivna hus och utgjorde en stor del av samhället. Men tiden blev lång för många även om de hade sin sysselsättning med byggnadsarbeten eller hantverk. De hade trots allt drivits dit motvilligt och tankarna gick ofta till sin hembygd långt borta, till föräldrar, syskon och släktingar. Det uppstod också ibland motsättningar i den svenska kolonin.

En verksamhet som var lukrativ men förbjuden, var att bränna brännvin, en annan var att driva bordell. Det kunde ibland uppstå råa slagsmål med knivar, yxor och grova påkar i samband med dessa aktiviteter. Andra karoliner startade krogar som var mer rumsrena, där folk utan onda avsikter kunde äta och dricka mjöd. Dessa krogar blev omåttligt populära även bland ryssarna.

Några fångar gick samman och bildade en musikkår som spelade på olika tillställningar, som bröllop och födelsedagar, men de skapade också ny musik. Den dagen guvernör Gagarin kom till sin nya tjänst i Tobol, stod en svensk orkester och spelade marschmusik på torget. Han blev så rörd vid detta mottagande att han gav karolinerna en stor summa pengar och anlitade sedan orkestern vid flera tillfällen framöver. En musiker, Gustav Blidström i Skaraborgs regemente, var duktig på att komponera musikstycken, I Tobolsk skrev han några av sina mest kända verk och framförde dem vid något tillfälle i guvernörens palats till stor förtjusning.

Livet i Sibirien kunde vara hårt och långtråkigt för många. Bäst anpassade sig de soldater som konverterade till den ryska ortodoxa tron och gifte sig med finskor eller ryskor. De bildade familj, fick barn och fann sig tillrätta i livet. Men det var detsamma som att bränna sina broar bakom sig, de kunde aldrig återvända till hemlandet och var också strukna ur arméns lönelistor, vilket i och för sig inte var någon större förlust. Även officerare lät döpa om sig och började i rysk tjänst eller sökte sig till yrken som passade deras utbildning. Dessa ansågs som förrädare av sina landsmän och uteslöts från det sociala livet och umgänget. De accepterade med viss frustration och ägnade sig åt sitt nya liv. För de officerare som inte döpt om sig och inte kunde något hantverk, eller helt enkelt inte ville arbeta, var livet tråkigt och segt.

100

För att överleva var de tvungna att ändå arbeta hos ryska bönder för att få åtminstone bröd för dagen. En del gifte sig med äldre finska kvinnor eller deras döttrar. Andra levde i parförhållanden med ryska kvinnor utan att vara gifta. Så gick livet vidare för de svenska fångarna i Tobolsk.

Michael Ziems hade också långtråkigt, han var en krigare och ingen byggnadsarbetare ansåg han. Han hade också svårt att anpassa sig till svenskarnas sociala liv som hans hustru Brigitta gjorde. Kanske berodde det på att han var av tysk härkomst och det fanns inte många från hans land här. Snart var kyrkan färdig och han kände inte för att fortsätta med ett nytt projekt med den typen av arbete. De pratade allt oftare om hans situation och Brigitta kunde förstå hur han tänkte, men försökte med alla medel få honom att tänka om. Kanske kom friheten snart och då skulle de kunna resa hem tillsammans, var hennes främsta argument. Men det hjälpte inte, Michael misströstade och ville inte lyssna.

Snart hade så mycket pengar samlats in för att kunna flytta in undervisningen i en timmerstuga i den nedre delen av staden. Glädjen var stor, tacksamheten mot alla som bidragit till skolan visste inga gränser vid invigningen och de nya lokalerna fylldes snabbt med elever, som nu uppgick till närmare femtio. Guvernören besökte skolan vid invigningen som blev mycket festlig. Brigitta var med tillsammans med fru Beck och ordnade fram ryska piroger, kapten Wreech talade till de församlade och musikkåren spelade. Det var en strålande sommardag, den svenska fanan kunde hissas i en

101

trästång på gården. Brigitta tänkte att detta var som en dag hemma i Sverige och hon fick tårar i ögonen. Alla lät sig väl smaka av deras goda piroger.

Drygt en månad senare förstördes huset i en brand, en av de många som drabbade trästaden Tobolsk. Bestörtningen var stor hos alla som engagerat sig, men kapten Wreech som alltid var optimist gick ut med håven igen och fick hjälp av Strahlenberg, som nu också anlänt, att samla in pengar. De officerare som hade medel bidrog återigen till den så viktiga uppgiften att bidraga till möjligheten till en ny skola. Alla bidrog på sitt sätt och på sina möten uppmanade man varandra att dra sitt strå till stacken.

33

Andaktsstunderna fortsatte på söndagskvällarna, med olika präster som läste ur bibeln och man sjöng de psalmer man lärt sig hemifrån. De flesta hade psalmböcker med sig eller lånade från någon som inte kunde närvara. Brigitta var på plats och trivdes med dessa stunder av Guds närvaro. För henne var det en kväll där hon stängde ute allt det besvärliga och njöt av orden och sångerna i gemenskapen som fanns. Det enda som tyngde henne var att hon inte hade fått sin make med sig.

Fru Beck var som vanligt ansvarig för mat och dryck och efteråt kallade hon Brigitta till sig. Hon berättade att två dagar tidigare hade en flicka tagit kontakt med henne och vädjat om hjälp att komma därifrån. Flickan hade verkat skärrad och rädd och vågade inte berätta så mycket, innan en man som hon tydligen hörde ihop med drog iväg med henne med svordomar haglande över flickan.

Brigitta blev alldeles kallsvettig och darrade på rösten.

"Berättade hon vad hon hette?"

" Nej, men hon talade en dålig svenska, med lite brytning på tyska. Hon var blek och mager flickstackaren och var tydligen mycket rädd."

"Hur gammal var hon tror du?"

" Svårt att säga, hon såg ut att vara ett barn, men var kanske högst sjutton år, men jag vet inte.

Brigitta blev orolig och undrade i sitt stilla sinne vem flickan var. Det kunde väl inte slumpa sig så, att flickan hon träffat var Lovisa? Sist hon hörde något om henne var hon kvar hos fursten i Moskva, nästan två hundra mil från Tobolsk. Nej, det kunde inte vara möjligt. Hon ville veta mer och frågade vad de kom överens om.

" Jag hann berätta för flickan var löjtnant Sprengtporten bor, innan hon fördes därifrån. Han är ju en sådan person som skulle kunna vara den rätte att hjälpa henne, han har ju ett gott hjärta".

Brigitta tackade för upplysningen och såg att Sprengtporten var med på andakten. Hon gick bort till honom och de pratade en lång stund. De kom överens om att han skulle kontakta henne om flickan dök upp hos honom. Skakad gick hon hemåt till sin make. Den svala luften fyllde hennes lungor och hon kände att hösten var på väg. Sommaren hade varit kort men varm och skön, hon hade fått ordning på köksträdgården och odlat en del kål och potatis. En del blommor hade hon också drivit upp, efter att sått i krukor och planterat ut på våren. Fortfarande sydde hon några tobakspungar och virkade dukar som hon sålde i butikerna, så hon fick tiden att gå. Det var bästa medicinen för att inte tänka på anledningen till att hon var här.

34

Ett halvt år efter att fursten Cantemirs hustru hade dött, reste fursten till S:t Petersburg för att träffa Tsar Peter och lämnade hushållet och ansvaret på kapten Iwanof. Han var kanske duktig på att organisera och se till att arbetet på godset blev gjort, men han hade en hustru som kunde linda honom runt sitt lillfinger.

En kväll hade de en pratstund vid några glas vodka och kaptenen blev lätt berusad. Efter att ha gett honom i utsikt att få en stunds njutning i hennes säng efteråt, gick han med på att hon skulle få sälja tre av slavarna på godset på slavmarknaden nästa dag. Naturligtvis gick han med på det och tänkte bara på vad som skulle ske där i sängen. Dessa stunder hade varit sällsynta det senaste året, så han tog tacksamt emot hennes förslag och förstod inte att hon utnyttjade situationen för egen räkning. Att han inte hade befogenhet att sälja slavarna bekymrade inte honom just då.

Torget var fullt av folk som tyckte det var ett nöje att uppleva slavhandeln. Det var mer spännande än när boskapen skulle säljas. Fem flickor, två medelålders kvinnor och tre pojkar fanns till försäljning. Buden haglade och till sist var en av furstens flickor, en finländska, såld till en rysk bonde. Kapten Iwanofs fru var nöjd och ville att de andra skulle ropas upp direkt efter. En annan ryss lade högsta budet för en flicka från Narva och en turkisk handelsman köpte Lovisa. Fru Iwanof fick ett stycke damast av turken, för de andra flickorna en mindre summa pengar och en solfjäder. Efter ytterligare en timme var handeln med slavar över och folket skingrades.

Lovisa var uppgiven, men luttrad av allt som hände, men var nu befriad från sina kedjor. Hon stoppades ner bland mattor och tyger i turkens släde under hot med misshandel om hon skulle skrika på hjälp. Han var ute på en lång handelstur och hade nu många mil hem till Tobolsk. Men han var van vid dessa turer och hans häst drog släden på den frusna snön i jämn lunk. Han räknade med att komma fram innan snön börjat smälta och fick ibland köra även på nätterna efter att ha ätit en bit mat på något värdshus längs vägen. Flickan fick lite bröd att äta, medan han själv åt gröt och piroger. Vid något tillfälle tyckte han nästan synd om flickan som varit tyst och foglig och gav henne en köttbit.

Dagarna gick och ekipaget fortsatte sin färd österut. Ibland stannade han i en by för att göra någon byteshandel eller sälja någon matta, men snart var de på väg igen. När de skulle övernatta på värdshus band han fast henne vid sängen, så att hon inte kunde rymma. Repen skavde på hennes händer och fötter, där såren efter kedjorna ännu inte var läkta. Hon förstod inte hans språk och kunde inte prata med honom, men visade med sitt kroppsspråk att hon inte tyckte om hans behandling. Hennes klagan brydde han sig inte om.

106

En kväll när de hade stannat i en by för att äta på ett värdshus, hade hon fått lite gröt att äta. När turken hastigt efter två öl måste gå till avträdet lämnade han Lovisa för en stund utan uppsikt, men räknade inte med att hon skulle försöka rymma. Hon skulle aldrig klara sig länge i kylan. Det var mörkt och miltals till nästa by, så risken var inte stor. En av gästerna såg henne gråta och frågade vad som hänt. Hon berättade på mycket knagglig ryska sin historia för honom, innan turken kom in i salen igen. Han hade inte märkt något.

Nästa morgon gav de sig iväg igen, men blev strax före nästa by stoppades av poliser som skulle kontrollera dem. Gästen på värdshuset hade berättat för Vojvoden i Solikamsk, som var närmaste stad, om händelsen han varit med om och polisen skickades därför ut undersöka turken och hans följeslagare. Han hade återigen hotat flickan med prygel, hade bäddat ner henne i tjocka filtar så att hon knappt syntes. Han berättade med en gripande övertygelse att hans fru var sjuk och att han hade bråttom hem till Tobolsk. Poliserna tittade inte så noga, såg bara ett litet ansikte djupt ner i släden och lät dem passera. Turken smilade upp sig och gav flickan, som han nu kallade Vjera, en kall pirog.

Lovisa hade aldrig haft kontakt med sina föräldrar eller systrar efter fångenskapen i Narva och visste ingenting om deras öde eller var de befann sig nu. De kunde ju alla var döda, eller slet hårt i något fångläger, han hade ingen aning. Men hon tänkte ofta på dem och hoppades kunna återförenas med dem någon gång i framtiden. Med tanke på det liv hon

107

själv fått genomgå, där hon slängdes som en trasa hit och dit, skulle hon inte ha en chans att komma på fötter, resa sig och få ett anständigt liv. Hon hade inte haft någon trygghet de senaste tio åren, kunde inte göra sig förstådd eftersom hon inte kunde språken hon hörde. Hon hade det sämre än ett djur och aldrig haft någon som brydde sig om henne. Det hon inte visste var att i staden Solikamsk, som de passerade för en halv dag sedan, fanns hennes föräldrar och systrar och bodde där som fångar sedan sju år.

Efter många dagars resa i släden med den otrevlige turken, kom de efter två månader till Tobolsk, där han smög in henne i huset han bodde i, alldeles i utkanten av staden. Där fick hon passa upp honom, laga hans mat mot en brödbit och något fläsk ibland, städa huset och hålla ordning på hans tyglager och mattor. Hon var förbjuden att själv gå ut och han hade en dräng till hjälp, en lätt förståndshandikappad pojke, som skulle vakta henne på dagarna. På nätterna låstes dörren till hennes rum, en liten skrubb utan något fönster. Hon grät tills hon somnade varje kväll.

Efter någon månad fick en dag tillåtelse att gå till en affär och köpa sytråd för att laga turkens skjortor. Vakten följde med som en vakthund, beredd att hugga om det behövdes. Hon hade lärt sig att han hade ett hetsigt humör, men kunde ändå lura honom hade hon märkt. Han stod i dörröppningen i iakttog hur hon tittade på tyger och annat i affären. Hon sneglade mot honom och såg att han tittade bort en stund. När han vände blicken mot henne igen såg han henne prata med en kvinna, antagligen för att få råd om ett tyg hon ville köpa för pengar som turken lämnat dem. I butiken fanns inget som intresserade honom, så han lät henne vara. Men efter en stund tyckte han att hon pratade lite väl länge med kvinnan och gick fram och drog iväg med Lovisa.

Veckorna gick och hon var återigen förbjuden att gå ut. Inte ens med sin bevakning. Men så kom en dag när turken var bortrest och Lovisa var ensam med sin övervakare. Hon påstod att hon måste gå till en affär och köpa värktabletter och grimaserade livligt för att övertyga honom hur ont hon hade. Pojken gick på bluffen och följde med tätt intill henne. Hon kunde höra honom flåsa henne i nacken. De gick förbi en idrottspark där det förekom någon tävling som vakten blev intresserad av. Lovisa fick en idé och de stod en stund och tittade på de tävlande. Pojken tycktes helt uppslukad av det som pågick, så han tappade koncentrationen på sin uppgift. När han vände sig för att säga något till henne var hon borta. Han ropade hennes namn, men fick inget svar. Han rusade runt bland åskådarna och letade, men hon var försvunnen. Han förstod hur turken skulle reagera när han kom hem, så han fortsatte hela eftermiddagen att leta i staden utan resultat. Förtvivlad lommade han hem och inväntade husbondens straff som inte skulle bli nådigt.

35

Det knackade på dörren hos paret Ziems en eftermiddag. Brigitta var hemma efter att ha deltagit några timmar på förmiddagen i den tillfälliga skolsalen, som var alldeles för liten men fick duga så länge. Hon hade börjat hjälpa till någon dag i veckan och trivdes bra med barnen och undervisningen, men de behövde snarast en större skola. Hon hade hört att det fanns ett stort tomt hus i en by i närheten av Tobolsk och för de insamlade pengarna köptes huset, Nu började man att plocka ner byggnaden stock för stock för att forsla dem med båt på floden till Tobolsk. Där låg de nu och väntade på att sättas upp på en bit mark nere vid floden.

En liten pojke sträckte fram ett brev till henne när hon öppnade. Hon kände igen honom som en av eleverna på skolan, gav honom en slant och han försvann därifrån glädjestrålande. Texten i brevet var kort, men hon förstod direkt, hon hade hoppats och väntat på detta ögonblick. Hon skrev ett slarvigt meddelande till Michael och gav sig iväg. Adressen kom hon ihåg sedan de talades vid för några veckor sedan.

Hon var spänd inför mötet när hon knackade på löjtnantens dörr och såg sig om för att försäkra sig om att ingen såg henne. Sprengtporten visade in henne i ett rum. Där låg en flicka och sov i en säng. Han berättade att flickan sökt upp honom efter att i en affär ha vädjat om hjälp av fru Beck. Hon hade tyckt synd om den förskrämda flickan och gett henne hans adress. Brigitta betraktade den sovande unga flickan. Hennes hår var ljust, även om det var ovårdat och stripigt. Hon såg mycket mager och bräcklig ut, ansiktet hade skandinaviska drag, armarna var tunna och hade ärr runt handlederna. Flickan vaknade till med ett ryck och satte sig förskrämd upp. Hon tittade med stora ögon på den nya som kommit, men löjtnanten sträckte fram en hand för att lugna henne. Hon såg hans ärr på handleden och förstod att de båda varit utsatta för liknande fångenskap. Lovisa blev lugn och kände att hon för en gångs skull kunde lita på dessa människor, som talade ett språk hon kom ihåg.

Hon berättade åter sin historia, som hon gjort för Sprengtporten. När hon slutat rann tårarna på dem alla och de kramade om Lovisa. De gav henne mat och hon fick tvätta av sig ordentligt, medan man planerade hur de kunde gömma henne. Turken hade mycket riktigt blivit ordentligt arg när han kom hem. Pojken som skulle vakta flickan hade fått utstå en hel del slag av mannen, som nu utlovat en belöning på ett hundra dukater för den som kunde hitta henne. Polisen blev inkopplad och några fattiga såg en chans att få pengarna och gjorde egna efterforskningar. Det gick redan elaka rykten om Sprengtportens medverkan. Brigitta ville ta hem flickan, men hon var ju hemifrån tidvis, så det gick inte De kom överens med hans vän Mattias, som lät henne bo i hans hem.

Kyrkan var nu snart färdig, det återstod bara inredningen, bänkar och annat. Det arbetades febrilt, även Renat hade nu anslutit sig och bistod med sitt kunnande till utformningen av bänkarna. Lagom till den förste advent kunde den första gudstjänsten hållas och nu kunde de samlas i sin kyrka, precis som de brukade göra hemma. Kyrkan blev välbesökt direkt och fångar från andra sibiriska städer skulle nu erbjudas möjlighet att besöka den till jul, påsk och andra högtider. Fyra präster bland de svenska fångarna turades om att förrätta dessa gudstjänster.

*

Efter några veckor hos Mattias Reutercrona blev Lovisa mycket piggare. Hon kände sig trygg med tillvaron, även om hennes frihet ändå var begränsad av naturliga skäl. De vågade inte låta henne gå ut själv ännu, eftersom turken inte gav upp sökandet och uppmanade folket att hitta henne. I hans sätt att se på det var det människorov och skulle bestraffas. Brigitta besökte flickan ett par gånger i veckan och hade med sig kläder och ibland mat. Hon blev glad åt att hon nu såg ut att må bra. Men besöken väckte misstankar och snart ville polisen göra besök i huset. Sprengtporten fick hastigt rycka ut till Reutercronas hjälp med att få ut flickan. Han gav Lovisa en hög kläder och sade att hon var hans piga som var på väg till skräddaren, när polisen plötsligt dök upp och ville kontrollera vem som bodde där. Hon undkom av ren tur den gången och fick nu bo hos änkan Patkull, som de kunde lita på. Men poliserna var effektiva och hade anat att

112

de hade flyttat runt den förrymda flickan och kom även dit för kontroll, men fick bara se änkans "febersjuka systerdotter" ligga nerbäddad i en säng. Eftersom Lovisa påstods ha en smittosam sjukdom, lämnade de henne ifred och lämnade hastigt huset. Både Sprentporten och Reutercrona arresterades en tid och förhördes, eftersom de var misstänkta för hennes försvinnande. Men det fanns inga bevis att lägga fram och de frigavs snart.

Alla förstod att dessa förflyttningar av flickan inte skulle hålla i längden, när polisen var dem på spåren. Några ryska drängar ville gärna ta del av belöningen som turken lovat och letade på egen hand, medan de frågade ut folket i staden. En dag kom Sprengtporten på en lösning.

*

Svenskarnas skola höll nu på att monteras ihop till en stor byggnad. Tomten var stor och det planerades ytterligare hus på den senare. Kapten von Wreech var nöjd med utvecklingen och räknade med att kunna ta emot ett hundra elever inom kort. Behovet av en sjukstuga var också stort och man planerade då att uppföra ett sådant intill skolan. Då skulle det vara möjligt för svenska doktorer och sköterskor att ta hand om sjukdomsfall i staden och ge bot och lindring åt behövande.

36

Liksom de flesta fångar hade Michael Ziems svårt att finna sig i fångenskapens meningslösa tillvaro. Kyrkan var färdigbyggd och han kände sig nu stressad. Samtalen med hustrun gick ut på att han var beredd att ansluta sig i rysk tjänst. Eftersom han inte var svensk, kände han sig inte förhindrad av det. Brigitta var inte förtjust över detta, men ville inte hindra honom. På våren tog han värvning som kapten vid regementet i Tobolsk.

I juli månad samma år seglade en styrka på tre tusen man uppför floden Irtysj, för att nära gränsen till Kalmuckernas rike uppföra en befästning. Detta lilla rike vars befolkning bestod av mongoliska dzungarer, hade grundat det Dzungariska khantatet på 1600-talet och låg mellan Ryssland och Kina. Det styrdes av khanen Tsevang Rabdan. De försvarade sitt land tappert mot Kina, men hade inte några större konflikter med andra länder i närheten. Därför var det överraskande att den ryska styrkan blev överfallen och de flesta dödade vid gränsen. Efter tre månaders belägring lyckades några hundra överlevande ryssar slå sig ut och ta sig tillbaka mot Tobolsk.

Under tiden hade en ny grupp börjat ta sig till området med

Ivan Bucholtz expedition för att söka efter guldsand, som de visste fanns i trakterna. I transportkolonnen som bestod av militärer, köpmän och arbetare, som skulle ansluta sig till de övriga i fästningen var bland andra Johan Gustaf Renat, Michael Ziems och Brigitta. Hon hade med andra kvinnor valt att följa sina män på denna expedition. Det kunde kanske bli omväxling på det enformiga livet i Tobolsk med denna resa, som skulle vara en månad, tänkte Brigitta. Hon visste inte hur fel hon hade.

De var helt ovetande om vad som hänt truppen som avreste tidigare. Renat hade inte gått i rysk tjänst, men var med eftersom han gjort intryck med sina geografiska kunskaper. När de närmade sig sjön Jamysjev, blev de omringade av ett kalmuckiskt förband. Expeditionen blev överrumplade, men lyckades ändå bjuda på hårt motstånd. Trots det blev många av dem dödade, däribland Michael Ziems. Brigitta och de andra överlevande fördes som fångar till kalmuckernas huvudort i Ghulja, på gränsen till Kazakstan. Brigitta var änka för tredje gången i livet.

Renat blev skadad vid tillfångatagandet, men fick behandling för sina skador. Han lyckades på något sätt med lite list och sina kunskaper tilldra sig fångvakternas uppmärksamhet och vinna deras förtroende. Khanen blev meddelad om svenskens märkliga kunskaper att gjuta kanoner, vilket han med sin slughet berättat för väktarna. Renats villkor i fångenskapen förbättrades avsevärt efter det.

Brigitta hade inte samma framgång. Hon var deprimerad och

Upprörd över sin situation. Nyss var hon en social kvinna, med ett arbete som undervisare, handarbetade och sålde sina alster med stor framgång. Även om hon var fånge där också, var livet ändå drägligt och med en sammanhållning med övriga svenskar som en stark grund. De hade byggt upp ett fungerande samhälle och acceptabelt liv. Egentligen var hon från början inte helt säker på att denna resa skulle leda till något bra, men ville ändå följa sin man, ett val som hon gjort flera gånger tidigare. Men att hon skulle bli slängd i en fängelsehåla och dessutom mista sin make, var outhärdligt. Hon fråntogs sina kläder och fängslades hårt med järnbojor och remmar vid ben och armar. Brigitta var som en trasdocka de lekte med, hon frös där hon naken satt på det kalla golvet. Sova var inte att tänka på och hon grät och skrek ut sin förtvivlan. På morgnarna hämtade de henne och hon fick ett tygstycke att skyla kroppen med. Hon fick arbeta som slav med diverse arbeten. Maten var nästan obefintlig och som människoföda direkt oduglig. Ibland fick hon en bit rått kött.

Renat lyckades charma khanen så att han fick disponera en stor trädgård, omgärdad av en över två meter hög mur. Där kunde han röra sig fritt, läka sina sår och återhämta sig efter överfallet. Han fick skaplig mat och funderade på att presentera sina kunskaper i gjutning av kanoner. Khanen nappade direkt och lät honom disponera en fabrik och med ganska fria tyglar instruera arbetarna i arbetet.

37

Invånarna i Tobolsk, där nu nästan hälften var svenska, tyska och finska fångar, blev helt bestörta när de fick vetskap om händelserna vid gränsen. De överlevande från den första truppen hade kommit tillbaka och berättat. Det var överraskande därför att kalmuckerna hade fått tillgång till handel mellan Moskva och de södra gränstrakterna i utbyte mot att de försvarade gränserna mot andra länder, men inte mot Ryssland. Över två tusen soldater och officerare var döda, de allra flesta ryssar. Det blev en sorgemässa i kyrkan, som var fylld till sista plats. Många av anhöriga till de ryska soldaterna hade kommit och deltog i mässan som leddes av kapten vov Wreech.

Löjtnant Sprengtporten var förtvivlad för Brigittas räkning, han hade hört att hon var i fångenskap och att hennes man Michael var dödad. Det skulle inte bli lätt att få rapporter från det fånglägret, men han bad en bön att hon skulle slippa lida. Han visste också att det förbereddes en delegation som skulle försöka medla i den uppkomna konflikten.

En vecka tidigare hade han kommit på en lösning för Lovisa. Änkan Patkull, som flickan bott hos någon natt som "en febersjuk systerdotter", visade sig vara släkt på sin avlidna makes sida med Lovisas föräldrar, något som överraskande kom fram i samtal de förde. Efterforskningar med fångstyrelsen i Moskva kom fram till att föräldrarna befann sig femtio mil västerut, i en stad som hette Solikamsk.

Sprengtporten mutade då en rysk bonde med pengar och fick honom att föra ut Lovisa förklädd till pojke till Japantskin, stax före Solikamsk. Där skulle en svensk präst och en adlid svenska ta emot flickan. Som säkerhet för att ryssen skulle utföra sitt uppdrag och hålla tyst om förflyttningen, togs hans son som gisslan med bondens medgivande. Färden gick inte utan problem, ryktet hade spridits att flickan var ett jagat villebråd som kunde inbringa pengar om man kunde gripa henne. Bonden fick därför ta till alla möjliga knep för att undvika fällor under färden och var uppmärksam på människor de mötte. Med stor tur kunde mannen avsluta sitt uppdrag på ett värdshus och få tillbaka sin son.

På Juldagsmorgonen kunde prästen Anders Berner och Anna von Knorring överlämna Lovisa till hennes föräldrar i staden Solikamsk. Lovisa som nu var nitton år, hade inte sett sina systrar och föräldrar på tolv år. I tolv förlorade år hade hon kastats mellan hopp och förtvivlan. Glädjen var givetvis stor.

38

Brigitta delade till en början cell med en ryss som visade sig kunna mongoliska språket. Deras två kalmuckiska vakter såg till at de var fastsurrade under natten. På dagarna hämtades hon och fick arbeta hårt, innan hon fördes tillbaka till fängelsehålan igen. En av vakterna visade intresse för henne och med ryssen som tolk gjorde han det klart för henne. Han kände sin makt över henne och utsåg Brigitta till ett lämpligt val som sin kvinna. Hon avvisade honom bryskt och förklarade att hon inte var intresserad av honom.

Han lät sig inte nöjas med hennes svar och gjorde inviter, han tålde inte att bli försmådd utan vidare. Hon var ju hans fånge och skulle lyda honom. Han blev aggressiv och gjorde försök att våldta henne, men hon bjöd på våldsamt motstånd och skrek åt honom att sluta. Hon kände tårarna komma och var egentligen försvarslös. Ryssen bar bunden och kunde inte hjälpa henne. Vakten var på väg att lyckas med sin våldtäkt på henne, när hon bet honom i benet, så hårt att en bit kött följde med. Ögonen glödde på henne, hon spottade ut köttslamsan och med blodig mun skrek hotfulla ord på ryska till honom. Den ande vakten kom rusande samtidigt som den försmådde uppvaktaren var på väg att slå henne, men hindrades av sin kamrat. Brigitta sjönk ihop helt utmattad.

Är det nu jag skall dödas, tänkte hon. Eller kommer jag att misshandlas och kastas i en mörk håla för att svälta ihjäl? Dessa barbarer visade tydligen ingen som helst empati, utan var djuriska i sitt beteende. Just då spelade det inte någon roll vad son skulle hända, hon ville inte leva längre. Hon kände att hon inte skulle kunna kämpa en gång till. Hon inväntade sin dom, men somnade så småningom när inget hände. Nästa dag hämtades hon som vanligt, men av en ny vakt för dagens arbete.

Khanen fick höras talas om den vildsinta fången. Han kallade till sig ryssen som tolk och förhörde henne om hennes utfall mot vakten. Khanen hade sneda ögon, smal mustasch och ett långt skägg som var tvinnat i två delar. Hans runda, vita huvudbonad med tyg som gick ner i nacken, hade ett grönt band vid pannan. Hans blick var sträng, kanske beroende på de sneda ögonen, men Brigitta kände att hon inte hade något att förlora nu. Hennes illusioner om ett bra liv var nu obefintliga efter händelsen och hon var rasande inombords.

" I vårt land får ingen man tvinga sig på kvinnor mot deras vilja," förklarade hon.

" Jag har följt min make som ni har dödat, ni har fängslat en oskyldig kvinna med hårda remmar och jag har fått utstå detta vidriga angrepp på min kropp."

Hon ville inte visa någon rädsla och kämpade för att hålla tårarna borta. Innerst inne var hon vettskrämd och kände hur hjärtat bultade, men ville verkligen få fram sin ilska mot sin behandling. Khanen satt först helt stum och funderade. Han hade aldrig förr sett en så modig kvinna och en viss beundran uppstod. Efter en kort stund kunde man se att ansiktsuttrycket mildrades till ett vagt leende. Han ansåg sig respektera hennes klagan och skulle ge order om en viss lättnad för henne.

En vecka senare hämtades hon och Khanen förklarade bara helt kort, att hon nu skulle få arbeta för den äldre av hans två hustrur. Brigitta trodde inte sina öron och var tacksam över att slippa från cellen. Men hon var för stolt för att tacka ännu, tiden fick utvisa vad detta skulle komma att betyda för henne. Saknaden av sin man kom ofta över henne, men hon skulle visa sin styrka nu när hon vunnit Khanens förtroende. Hon kände sig något stärkt av beskedet.

Dottern till den hustru som skulle arbeta för hette Seson och var prinsessa i hovet. Av henne fick hon kläder och skor, fick tvätta sig ren efter tiden i fängelset och skulle börja arbeta. Brigittas levnadsförhållande förbättrades något, men hade svårt att klara livets nödtorft. Hon hade inte riktigt hämtat sig från de hemska upplevelserna i fängelset och sin makes död. Hon fick ett eget rum och kunde röra sig ganska fritt i området, men överallt fanns det vakter som bevakade alla steg. Hon kunde ibland stjäla några matbitar, när hon hade något ärende till köket, men fick vara försiktig så att det inte upptäcktes. Med sin list började hon ställa sig in hos dem som hon kunde ha nytta av och lärde sig nytt hela tiden. Hon skulle försöka lära sig deras språk snart.

39

Naturen i det lilla riket var ett landskap med stora öknar och höga bergskedjor. Det var glest befolkat med olika folkslag, de första som kom hit var turkiska Uigurer, för att sedan blandas upp med mongoler och andra. Ständiga strider förekom vid gränserna mot kinesiska Qingdynastin. Därför var Renats kunskaper i modern artillerikonst och gjutning av kanoner mycket efterfrågade. I fabriken började han snart instruera om metoden att gjuta och alla var imponerade av denne man och hans kunskaper. Snart var tillverkningen igång med kanoner och mörsare, som skulle användas av armén. Järnmalm forslades över sjön Teksel på en pråm som roddes av ett stort antal ryska fångar. Pråmen som var av trä hade Renat konstruerat själv. Han steg i aktning och Khanen ville ha honom som befälhavare för ett stridande förband.

När en kinesisk här på många tusen man anföll en stad vid gränsen, sändes Renats trupp ut för att mota bort dem. Det lyckades inte så väl eftersom de var knappt hälften så många som kineserna och fyra hundra soldater dödades. Trots förlusten behöll han ändå sin goda ställning och förtroende hos Khanen. Men det var första och sista gången han förde befäl som fältherre i en drabbning. Renat var inte missnöjd med det, han hade egentligen ingen känsla för krig längre. Han fick återvända till sin tidigare uppgift att gjuta kanoner och på kort tid hade arbetslaget tillverkat femton stora och fem små kanoner, dessutom tjugo mörsare. Khanen var mycket nöjd. För Renat var inte detta arbete nog, utan startade tillsammans med en annan svensk i fångenskapen en tygtillverkning i större skala. Han började tjäna pengar och sparade dem, som han hoppades för kommande bättre tider. Även kartritningen fortsatte han med och hade tryckt upp blad där han ritat in stora delar av Ryssland och Asien, åtminstone de delar han än så länge besökt. I samtal med Khanen genom rysk tolk gjorde Renat en försiktig förfrågan om han skulle kunna resa ut i landet för att uppteckna större områden. Khanen, som inte alltid var så spontan, ville tänka på saken och skulle återkomma. ‹han var införstådd med att denne man var en stor tillgång för landet, med alla de olika kunskaper han hittills bevisat sig inneha.

En annan fånge som ny gjorde intryck på Khanen var Brigitta. Hustru nummer två berättade många positiva saker om den numera ganska kavata kvinnan, som visade färdigheter i att virka och sy och dessutom skulle vilja väva om det var möjligt. Detta var väl inte Khan Rabdans stora intresse, men ville gärna göra sin hustru till viljes och frågade Renat om han möjligen kunde tillverka en vävstol. Han visste att han kunde, men tänkte utnyttja situationen för sin egen räkning och lovade att fundera. De båda utförde just nu de listigas kamp på lika villkor, viket roade Renat.

123

40

Hon lyckades genom sina kunskaper, duglighet och sitt goda omdöme skaffa sig en säker och respekterad position efter hand. Brigitta behärskade snart det mongoliska språket. Tyska och ryska kunde hon sedan tidigare. Hon hade lätt för att lära och det var en förutsättning att kunna göra sig förstådd.

Prinsessan Seson var sin fars ögonsten och hon lyckades övertyga honom att hon var den som bäst behövde den kunniga svenskans hjälp. Hon behövde hjälp med påklädnad och val av kläder. Dessutom skulle sängen bäddas och hon behövde sällskap på sina promenader i parken. Seson ville lära sig virka också berättade hon för fadern, medan hon log sitt allra sötaste leende. Naturligtvis kunde hon få sin vilja igenom och Brigitta flyttade nu över till prinsessans hov och blev hennes slav, men även hennes förtrogna. Hon berättade att hon blivit uppvaktad av Khanen för de västliga kalmuckerna, en tjusig man som hon blev mycket förälskad i. Hon var nu giftasvuxen och kunde tänka sig att bli hustru till en Khan och ha ett eget hov.

Brigitta visste inte vad det skulle komma att innebära för hennes del, vem hon skulle tillhöra då, eller om hon möjligen förväntades flytta med prinsessan och hennes make. Hon oroade sig inte längre, hon var numera så luttrad att hon tog dagen som den kom. Hon hade genomgått så mycket alla åren sedan hon kom till Riga från Sverige och klarat sig nästan helskinnad, så hon tänkte klara av detta också. Hon hade inte några mardrömmar längre, vilket var skönt och såg trots sin fångenskap framåt på ett bättre liv.

Renat blev uppmanad att träffa prinsessan Sesons svenska slav för att prata om vävstolen. Han hade hört talas om henne, men aldrig träffat henne, trots att de båda varit i Tobolsk under några år. Nu satt de och pratade hur livet hade blivit och de var förvånade över att de gjort samma resa, för att nu hamna som fångar hos kalmuckerna. Det var en osannolik historia och samtidigt ett sammanträffande att de skulle mötas så här med anledning av en vävstol. De skrattade åt situationen och skrattet var befriande. De var båda inriktade på att klara sin uppgift och snart återvända hem till Sverige, när det var dags. De förstod varandra bra från början, de hade samma kämpaglöd, det var bara att se tiden an och göra det bästa möjliga.

Han hade redan börjat skissa på en vävstol åt Brigitta och hon blev förtjust över jans kunnande och entusiasm för projektet. De gick igenom detaljerna, ändrade på några för att det skulle fungera bättre och han lovade att han skulle komma tillbaka snart. Hans plan gick i lås, Khanen lovade honom möjlighet att resa ut i landet och göra observationer till sina kartor i utbyte mot att han färdigställde vävstolen först. Han var ivrig att komma igång, både för sin egen del men också för att Brigitta skulle få sin vävstol. Han tyckte om henne från början och hade hört om hennes upplevelser som fånge och hennes tre män som hade dött.

Samtidigt som arbetet med vävstolen fortsatte, övervakade han också gjutningen av fler kanoner och avsatte tid för sin tygtillvekning. Brigitta hade blivit glad när hon hörde talas om den och ville gärna ha ett prov för att sy någon duk till Seson. Brigitta och Renat stod i en särskild ställning hos den kalmuckiske Khanen, vilket de var tacksamma för. Andra fångar hade det svårare och tilläts inte gå fritt till en början. Men Brigitta utnyttjade försiktigt sina kontakter i hovet till att förbättra slavarnas förhållande och villkor och även för egen del.

Några veckor efter deras möte var vävstolen klar, ett rum gjordes iordning för henne och nu hade hon en egen vävstuga. Hon visade prinsessan tekniken och lärde henne att väva bonader. Hon hade inte så stort tålamod, ovan vid arbete som hon var, så det var väntat att Brigitta själv vävde på kvällar efter sitt vanliga arbete med att passa upp Seson. Vintern började så sakta övergå till vår och hon passade på att ibland ta en daglig promenad i den stora parken vid slottet. Hennes hälsa och krafter förbättrades för varje dag som gick.

41

Det kom ett brev till Sprengtporten i Tobolsk. Det hade gått nästan ett år sedan flickan kunde överlämnas till sina föräldrar. Därför blev han så glad att höra ifrån henne. Han slet upp brevet och läste.

Lovisa började med att tacka för hans stora hjärta som gjorde det möjligt för henne att återse sina föräldrar och systrar. Hon tackade Gud varje dag för hans barmhärtighet över henne. Hon hade undervisats i den lutherska tron av en svensk präst, Lars Sandmark. Föräldrarna tyckte att han var ett var parti för henne och hon hade "med barnslig lydnad" gift sig med honom, trots att han var drygt trettio år äldre. Hennes systrar var gifta sedan tidigare, alla med officerare. Hon avslutade brevet med en hälsning till Brigitta och fru Beck, som också varit så hjälpsamma och snälla mot henne.

Tyvärr kunde han inte framföra hälsningen till Brigitta och det gjorde honom ont när han tänkte på henne. Det gick inte att få fram någon information om vad som hänt eller hur hon mådde. De bad för henne och de andra fångarna i kyrkan, som var fullsatt till gudstjänsterna varje söndag.

Skolverksamheten hade växt ytterligare och Wreech var nöjd, men önskade att Brigitta kunde vara här och ta del av utvecklingen. Flera byggnader hade tillkommit och nu fanns det även plats för ett internat, där barn långväga ifrån bodde och studerade. Antalet elever var nu uppe i ett hundra femtio. Även ryska föräldrar kom med sina barn för att de skulle få västerländsk undervisning, som skedde på tyska, svenska och latin.

Många officerare arbetade ideellt i skolan och på så sätt gick ekonomin ihop, även om man ibland fick tigga pengar eller ta lån för verksamhetens fortlevnad, Ryktet om skolan spred sig över hela Sibirien och en tartarhövding kom dit till Tobolsk enbart för att se den ryktbara skolan. Även en muslimsk präst kom och blev så imponerad att han skickade vingpennor från svanar som present, att användas till skrivpennor.

Ett brev som så småningom skulle förändra svenskarnas liv i Ryssland lästes uppför alla under högtidliga former under en extra gudstjänst strax efter nyåret 1719. Ryktet hade redan spridits, så de församlade var inte helt oförberedda, när prästen talade om att deras kung, Karl XII hade dödats av ett skott i huvudet, under den svenska arméns belägring av Fredrikshald i Norge. Stor förstämning följde och man bad böner. Snart började alla fundera på vad detta skulle innebära för deras egen del.

42

Prinsessans trolovning med unge khanen för de västliga kalmuckerna närmade sig och Brigitta var anlitad för att ordna med festen. De litade helt på hennes förmåga, men själv var hon inte alls säker. Det var mycket som skulle ordnas med planering av gästernas ankomst, men också med deras övernattning, bordplacering, musiken under middagen, men inte minst Sesons klänning under festen. En hel månad höll man på att förbereda sig och det blev långa dagar. Seson själv tog det med ro, hon var van att andra drog det tyngsta lasset och överlät gärna ansvaret.

Festen gick bra, det fanns mat i överflöd och de tillresta gästerna som var släktingar och vänner trivdes utmärkt. Det bars fram presenter till det unga paret och efteråt blev det musik och traditionella danser. En grupp flickor uppträdde med sprittande danser som bubblade av energi, medan de som symbol för gästfrihet svängde runt med skålar, vinkrus och ätpinnar. Festen varade till långt in på natten.

Brigitta undrade hur stort bröllopet skulle bli. Hon var redan tillfrågad som expert på kläder bland annat och hon var glad för förtroendet de gav henne och tackade ja. Bröllopet skulle gå av stapeln inom tre år, så det var ju gott om tid, tyckte hon. Men det var ett problem. Prinsessan ville ha en sammetsklänning den dagen hon stod brud och en del andra klänningar i samma tyg, men i andra färgskalor. Brigitta skickades därför till staden Gerken, lite längre söderut i landet. Där fick hon till uppgift att väva silkestrådar till sammet med en teknik som fanns tillgänglig i den staden. Den låg vid karavanvägen till Kinas inre och var den största handelsstaden i området. Hon skulle också göra alla de inköp som var nödvändiga inför bröllopet.

I Gerken fann hon sig väl tillrätta, en ung ryska som också var slav, fanns med på resan. Liksom tre vakter för att bevaka deras förehavanden. Eftersom de fick röra sig ganska fritt, kändes vakterna mer som livvakter och det kändes betryggande att ha dem i närheten. Kalmuckiska män gick inte att lita på hade hon lärt sig.

På väveriet lärde hon sig mycket. De fina silkestrådarna blev till ett mjukt vävt tyg i hennes händer. Den korta luggen gjorde tyget väldigt lent. Man tillverkade skor, kläder, gardiner och mycket annat av detta tyg. Kinesiska soldater som fortfarande använde pilbågar i strider, använde undertröjor av silke. Det täta och sega tyget förhindrade pilar att tränga för långt in i kroppen. Brigitta förbättrade hela tiden tekniken och var en bra elev. Hon samlade på sig tyger och köpte in annat som skulle behövas till bröllopet. Vakterna hade hand om kassakistan och hon fick ofta be om mer pengar. Det fanns tydligen ingen gräns för vad den stora festen skulle få kosta.

Hon kunde trots övervakningen röra sig fritt i staden, som låg som en oas vid floden, en av Tarimflodens tillflöden. Det var ett bördigt område och här fanns stora fruktodlingar, med de sötaste druvor hon någonsin ätit. Människorna var vänliga och nästan påflugna, när de ibland kom fram och kände på hennes hår. Hon var naturligtvis annorlunda och antagligen den enda kvinnan från västvärlden där, men hon kände sig ändå trygg med vakterna omkring sig. Framför allt var det en stad med tillverkning av bomull och siden. Hon fick nästan obegränsad tid att tillbringa i Gerken, förvånande nog hade hon vunnit khanfamiljens fulla förtroende och njöt av den begränsade friheten. När hon tillverkat nog med tyg och köpt det som behövdes tänkte hon åka tillbaka och fortsätta med att sy kläderna för Sesons bröllop.

Hon skulle också fortsätta med sitt väveri på sin vävstol som Renat gjort till henne. Hon tänkte ibland på honom, han hade gjort ett gott intryck och var tydligen väldigt förtrolig med Khanen, som tog Renats kunnande i anspråk allt som oftast. Hon hoppades få träffa denne man igen och utbyta erfarenheter och hjälpa varandra.

De lätta sommarmolnen seglade ner från bergen som omgav staden. Luften kändes varm och skön när hon gick nere vid floden. Hon påmindes om bäckarna och sjöarna hemma vid Bäckaskog, där hon levt ett liv så avlägset från det hon nu befann sig i. Hon längtade hem.

43

Efter kungens död var Sveriges stormaktstid slut. Den nye kungen, Fredrik I var inte beredd att axla sin företrädares roll som krigsherre. Statskassan var dessutom tom och landet behövde återhämta sig nu. De baltiska provinserna hade Ryssland återtagit och södra delen av Pommern genom fredsavtalet i Nystad. Ni kunde de svenska krigsfångarna i Ryssland bli fria och erbjöds att åka hem.

Tyvärr ordnades inte skjuts hem, utan de fick med ett knyte på ryggen börja sin sista långa vandring till hemlandet. Männen som gick var giktbrutna och vitskäggiga, allvarsamma, men förnöjsamma. De som fanns i Sibirien hade längst väg till friheten, medan andra i Moskva eller Sankt Petersburg hade betydligt kortare sträcka att vandra. Av alla de som togs som fångar under kriget, var det ungefär en fjärdedel som kunde återvända. Resten hade dött av svält, hårt arbete, sjukdomar eller försvunnit på annat sätt. De som gift sig med ryskor eller gått över till ryska armén kunde inte åka hem. Där hemma väntade soldaterna kanske åkrar som låg i träda, det lilla barnet de lämnat i vaggan, var nu en yngling på tjugo år och med fjun på hakan. Hustrun som trott han var död stod kanske i dörren och grät.

I grupper började fångarna i Tobolsk den tunga marschen tillbaka. Skillnaden mot resan dit var att nu hade de inga vakter som följeslagare och kunde känna sig tryggare och vandra i egen takt. Stadsborna hade gjort insamlingar och bistod med pengar, mat och några hästdragna vagnar, som underlättade marschen hem. De blev avtackade av guvernör Gagarin för deras stora insats med kyrkan och undervisningen och började den mödosamma vandringen västerut.

Nordanvinden ven över slätten, längs vägen stötte de på fler karavaner med fångar och kunde få del av deras berättelser om det oftast hårda livet de fått utstå. Särskilt de som arbetat i gruvor och på järnbruken. De var ovårdade och hade dåliga kläder som hängde som trasor på deras seniga kroppar. Genast fick de mat och den omvårdnad de behövde. Skaran som tog sig fram mot Moskva var en sammanbiten flock människor, nertyngda av sina umbäranden, men fria och med ett mål i sikte den här gången. De övernattade i det fria eller tog in på billiga värdshus längs vägen. De delade på mat och pengar och hoppades att det skulle räcka ända fram. Än så länge var vädret bra, men skulle vintern bli kall och med mycket snö, skulle det kunna bli besvärligt. Bäst var nu att komma så långt västerut snarast möjligt. Kapten von Wreech försökte hålla modet uppe på sina fångkamrater, Sprengtporten var också den som kunde hjälpa till där det behövdes. Fru Beck höll som vanligt på med maten och fördlede så gott det gick. Sammanhållningen var enorm. När någon blev sjuk fick den hjälp av en sjukvårdare och ta igen sig i en vagn under transporten. Det gick sakta framåt, men de hade ingen brådska.

44

Ett halvt år efter att Brigitta åkt till Gerken, fick Renat tillåtelse till sin expedition, en resa i Dzungariet för att nu kartlägga området. Det fanns redan en existerande karta, men han ville förbättra och ändra en del felaktigheter i den. Khanen skickade med ett tiotal vakter som hjälp vid eventuella konflikter och dessutom hade han med sig några medhjälpare för sina observationer.

Khanen var först motvillig att släppa iväg den duktige svenske officeren, som med sitt kunnande i kanongjutning var så framstående. Renat hade vid några tillfällen varit ansvarig för artilleriet vid de fejder som förekom ganska ofta med kinesiska trupper vid gränsen. De hade lyckats mota bort fienden som mer än gärna ville införliva deras område med Kina. Dessa angrepp hade pågått i många år.

Dzungariet är en stor dalsänka, där de kringliggande bergen faller med branta sluttningar. På ryska gränsen reser sig en mäktig bergskedja, sydost om Balchassjön sträcker sig en fjällkedja i nordöstlig riktning längs gränsen bort mot Kina. Dzungariska bäckendet, Jungar Pendi, finns mellan dessa bergskedjor, med den bördiga Ilidalen längst västerut. Här rinner Ilifloden ner mot Sjulodslandet, som Renat själv kallade det.

Allt detta noterade han och räknade ut koordinater för att kunna justera sin karta. I dalgångarna längs floderna fanns bördiga fält med kreatur och där träffade han på människor som han intervjuade, ibland med en tolks hjälp. Han frågade om uppgifter på platser han inte själv kunde besöka på grund av de höga bergen och skrev flitigt ner all information.

Han upplevde den rika faunan och såg älg, kronhjortar, rävar, lodjur och vid ett tillfälle en skymt av en leopard. Skogarna var fulla av bär och svamp, i byarna odlade man meloner, vindruvor och överallt såg han valnötsträd. I floderna fångade de fisk, som de stekte över öppen eld vid flodkanten. Till sin överraskning fick han en dag se en flock fisktärnor dyka ner i floden efter småfisk. Han kände igen samma fågelart som han sett många gånger hemma i Stockholms skärgård på somrarna när han var lite. Han log vid minnet och tänkte för sig själv:

"Här sitter jag flera hundra mil hemifrån och bli lycklig över att en fisktärna!" Det överträffade till och med de vilda kameler han sett vid Lop Nor sjön i sydöst. Just då var det en stor stund för Renat, som i tankarna återvände hem. En stark hemlängtan kom över honom. Han var över fyrtio år nu och ville gärna påbörja ett civilt liv i Sverige. Kriget förde så mycket elände med sig till ingen nytta.

Han fortsatte österut till Turfanområdet med sin sänka, som ligger etthundra femtio meter under havsytan. Det var uppgifter han hade tagit reda på. Här fanns ett berg som han kallade för *det gråtande berget*, som var en platå av röd som övergick till rödgula fåror som letade sig som tårar längs branterna ner mot markytan. Längre söderut fanns Tarimbäckendet, ett område där en stor obeboelig sandöken bredde ut sig i mitten. Norr och öster om öknen rann Tarimfloden och vid dess flöde fanns städer som Gerken, Kashar med flera. Han visste att Brigitta fanns där, men det blev inte tillfälle att besöka henne. Han drog vidare och hoppades på att snart få träffa henne igen.

Renat skrev korta notiser varje dag om vilka folkslag som bodde längs hans färd, han beskrev deras seder och språk och noterade deras klädsel och kroppsbyggnad. Han kom till en by där man höll på att begrava en man. De grävde ett hål i marken, lade den döde med alla hans ägodelar, pilar, koger, yxa med mera ovanpå och fyllde igen gropen. Renat frågade hur det blev med änkan, om hon kom att lida någon nöd. Då fick han svaret att hon skulle gifta sig med den yngre brodern till hennes avlidne make. Om det inte fanns någon bror, kunde hon få välja en annan släkting, men bara om hon ville.

De flesta människor han mötte var trevliga och mycket nyfikna på den reslige mannen med det konstiga utseendet. Han var inte som de, kortväxta och mörkhåriga, de hade inte så stor näsa som främlingen heller och de studerade honom noga.

Vid något tillfälle stötte han på karavaner som sålde sina varor i städer de passerade. Med sig hade de siden, mysk,

Pärlor och mycket annat. Rabarber var en udda vara, en tusenårig kulturväxt, som användes som laxermedel. Karavanerna förde med sig influenser från de länder de passerade, som gjorde Dzungariet till en blandning ab olika kulturer. Dessa karavaner var som regel fria att passera gränser och behövde inte oroa sig för överfall från soldater.

Renat förmodade att de snart skulle komma till Tobolsk på sin resa västerut och ville gärna följa med dem. Men han ville inte äventyra sin ställning hos Khanen, som kanske snart skulle fånga in honom.

Nu på sommaren kunde temperaturen ibland komma över trettio grader på dagarna, så det var ganska ansträngande att vistas ute mitt på dagen, utan något skydd för den brännande solen. Han tog ofta en vilopaus då och försökte hitta skugga under något träd. Längre norrut där Khanens slott låg, bar det mer bergigt och något svalare. Han skulle snart återvända dit.

45

När fredsfördraget var klart åkte Tsar Peter runt finska viken och konstaterade att landet var hans, åtminstone fram till gränsen mot Finland, som fortfarande var svenskt. Han var förnöjd och återvände med sin segelyacht till S:t Petersburg, som nu var färdigbyggd. Kanoner avfyrade salvor vid ankomsten så det dånade. Han ropade till folket att "Gud hade skänkt dem fred med Sverige efter ett långvarigt krig". Så tömde han sitt glas med brännvin i ett svep. Kort därefter utnämndes han till kejsare av Ryssland och mottog med spelad blygsamhet epitetet *den store*.

Hit kom de svenska fångarna efter sina olika långa transporter med anhalt i Moskva och sedan vidare till kusten och S:t Petrsburg. Sten för sten hade staden byggts upp, till stor del med fångars slit. Många tårar, utslitna kroppar och döda arbetare vilade i skuggan av dem nya huvudstaden. Det var tvångsinkallade bönder, kriminella, soldater och så krigsfångar som stod för det tunga arbetet och tusentals dukade under och dog. Kanaler hade grävts från havet och letade sig in mellan husen. Träbroar och spångar av enklare slag fanns, men över den breda floden Neva saknades ännu fast förbindelse, utom på vintern när isen bar. Översvämningar blev ständiga problem, man hade inte räknat med att havet skulle kunna stiga som det nu gjorde. Vatten ställde därför till det och husen började vittra.

Överskeppningen till Sverige tog tid, alla kunde inte få plats på ett skepp, utan en del fick vänta några dagar på sin tur. Det var svårt att hitta tak över huvudet medan de väntade på sin tur och ryssarna var inte hjälpsamma. Några av svenskarna fanns kvar i staden upp till två veckor innan det var deras tur.

Jacob Burman var en av dem som kom med den första båten och hade gått omkring på kajen för att försöka hitta någon bekant. Det var främst Brigitta han letade efter bland de som kommit från Tobolsk. Han visste att hon förts dit och hoppades att få träffa henne och Jonas Lindström igen. Han pratade med en fänrik han kände igen och frågade om han visste var hon fanns. Fänriken berättade det hemska öde som Brigitta befann sig i och att ingen visste hur det stod till med henne. Sorgsen tog han emot de tråkiga nyheterna och beskedet att hans vän Jonas var död.

Jacob hade trots det tunga arbetet i järnbruket och marschen till S:t Petersburg klarat sig någorlunda bra. Kroppen var sliten och trött, men han var ändå hoppfull inför framtiden. Med sig hade han en ung flicka, en fransyska vid namn Susanne, som han träffat i fångenskapen och vars föräldrar också var fångar. Han hade fått henne fri och hon ville följa honom till det nya landet i norr. Trots en åldersskillnad på tjugo år delade de varandras framtidstro.

140

Det var en brokig skara med fångar som äntrade skeppet som skulle ta dem till Sverige. Efter mer än tolv år i fångenskap var en del sjuka, blinda och döva, andra melankoliska och mentalt förstörda. Återkomsten skulle inte bli så enkel för alla, många släktingar, syskon, föräldrar och vänner hade dött i pesten och skulle inte möta dem. De skulle få börja på nytt med att anpassa sig till ett annorlunda liv. Men de såg fram mot mötet med Sverige.

46

Renat återvände från sin resa och började att skriva sina noteringar och ändra i kartorna, så att de fick rätt storlek. Han förväntade sig att Brigitta skulle ha kommit tillbaka, men hon var fortfarande kvar i Gerken, vilket överraskade honom. Det hade varit ganska lugnt vid gränsen under tiden han varit på sin expeditionsresa och Khanen beslöt sig plötsligt för att skicka honom som sändebud till den nye kungen i Sverige. Hans tanke var att Renat skulle hämta svenska präster för att undervisa kalmuckerna i den evangeliska läran, som de kommit i kontakt med genom fångarna. Renat blev överraskad och tyckte egentligen att idén inte var genomförbar, men såg en chans att kunna stanna i Sverige och smidde därför sina planer och lovade Khanen att tänka på förslaget. Han ville i så fall att Brigitta skulle följa med i gruppen som skulle göra en så lång resa. Det lade han fram som förslag till Khanen, som förvånande nog gick med på det, med krav på att hon skulle tjänstgöra vid hovet fram till avresan.

När Brigitta kom tillbaka efter en månad berättade han vad som beslutats. Hon var kluven, samtidigt som hon också såg en möjlighet att återvända hem, hade hon för en gångs skull under sin långa fångenskap fått en bra tillvaro och med ett ansvarsfullt arbete. Nu skulle hon sy upp kläder för Sesons bröllop och det var mycket arbete som återstod. Det var tre månader dit och hon räknade med att bli färdig i god tid. Allt annat fick vänta.

Det blev nya förhandlingar med Khanen, som gick med på att vänta till efter bröllopet. Renat visste att det blivit fred nu mellan Ryssland och Sverige, så han förstod att fångarna i Tobolsk nu hade fått resa därifrån och var vid denna tidpunkt antagligen hemma. På kvällarna planerade de hemfärden tillsammans, som Brigitta nu också var beredd på. De pratade om tiden de tillbringat i Ryssland och nu hos dessa kalmucker. De trivdes bra tillsammans och även om de båda nu behärskade språken till fulländning, var det skönt att få tala sitt eget modersmål.

Plötsligt blev det nya oroligheter vid gränsen till Kina, Renat skickades dit för tjänstgöring, något han nu inte var direkt förtjust över. Men han måste spela ett spel och hoppades att konflikten snart var över för denna gången. Det drog ut på tiden och Khanen fick annat att tänka på, så resan blev uppskjuten på obestämd tid.

Prinsessan Seson var överförtjust över de vackra kläder som Brigitta trollade fram med sina flinka händer. Det provades och ändrades tills hon var helt nöjd med resultatet. Nu hade hon fem klänningar som packades i stora koffertar för att ta med sig till hennes blivande makes hem. Det blev så småningom ett stort bohag som skulle transporteras de trettio milen västerut.

Seson insisterade överraskande på att Brigitta skulle följa med som hennes hovdam i parets nya hem. Hon oroade sig för det, då skulle hon bli alldeles ensam där med en otrygg tillvaro som följd. Dessutom skulle resan hem inte bli av. Hon funderade mycket på det plötsliga beskedet, som egentligen var väntat. Hon sov dåligt de kommande nätterna. En vecka föra bröllopet påmindes hon igen om Sesons önskemål och var beredd.

"Det går tyvärr inte, jag skall gifta mig." Orden överraskade prinsessan som häpnade. Hon trodde inte sina öron, hennes slav vågade vägra hennes krav. Det var det fräckaste!

" Vem skall du gifta dig med? Du har väl inte planerat något eget bröllop?"

" Jag skall gifta mig med Renat och det blir bara enkelt".

Prinsessan var chockad över vad hon fick höra, hon var van vid att alla skulle lyda henne och allra helst hennes egen slav. Hon gick raka vägen till sin far, som denna gången inte föll för hennes list att smickra honom. Hon fick ge sig och skulle få en ny hovdam med sig.

Brigittas utspel var spontant och oförberett och undrade vad den tilltänkte maken skulle säga. Hon berättade försiktigt för Renat, som blev glad och häpen över detta, men Brigitta menade att det bara skulle vara ett samvetsäktenskap inför Khanen. Kanske skulle det bli lättare att få komma iväg om de var gifta. Eftersom ingen präst fanns med bland svenskarna i fångenskapen hos kalmuckerna blev en rysk officer tillfrågad om han kunde "viga" dem. Så var Johan Gustaf Renat och Brigitta Scherzenfeldt ett "äkta par" och kunde börja leva tillsammans. En klänning hade hon sytt till sig själv, Renat var uppsträckt i sin uniform, som han hjälpligt hade borstat av för att se proper ut. Hovet bistod med mat till paret och några vittnen till "giftermålet". Prinsessan var sur, men de var nöjda med sin dag och tyckte att de hade genomfört sin plan väl.

När Seson åkt iväg till sin blivande make för sitt bröllop, blev Brigitta helt befriad från all tjänstgöring vid hovet, men fick behålla rummet med vävstolen, som en liten present. Hon blev glad över det och fortsatte med sina vävnader. De hade fortfarande stort förtroende hos Khanen, som gav dem stor frihet. De började nu på nytt föra fram planerna på resa till Sverige, Men Khan Rabdan ville avvakta en tid. Han ville ta Renats tjänster i anspråk för olika uppgifter, som ansvarig för artilleriet vid gränsen och för att färdigställa kartorna. Renat hade dessutom fabriken med tygtillverkning, som expanderat kraftigt och sysselsatte några av fångarna. Han sålde tygerna genom mellanhänder till handelsmännen i karavanerna, som betalade bra. Även Brigittas vävnader var populära och paret kunde spara ihop en ansenlig summa pengar.

47

Tre år senare

Uppståndelsen var stor i hovet när Khan Rabdan plötsligt dog. Det kom helt oväntat och dödsfallet verkade från allra första början underligt. Dagen före hade han som vanligt gjort sina inspektionsrundor på godset, pratat med anställda vid hovet om arbeten som skulle utföras och ridit runt på sina ägor. Allt var som vanligt, hälsan var bra, inga sjukdomar hade än så länge besvärat honom trots sina nästan sextio år. Han var nöjd med sina två hustrur, som tycktes komma bra överens. Dotter Seson var nu lyckligt gift och en av hans två söner, som nu var i trettioårsåldern skulle så småningom efterträda honom. Än så länge fanns krafter kvar att se till att Dzungariet höll kineserna borta från att överta deras rike. Därför kom dödsfallet som en total överraskning.

Det började gå rykten om hans plötsliga död, en läkare kom och undersökte kroppen noga. Man undrade om det kunde vara hjärtat, eller om han blivit biten av en orm, spekulationerna var många och ovissheten stor. Alla i hovet viskade sina gissningar och viskade till varandra, lade till rykten och spred dem vidare. Inte förrän läkaren var färdig med undersökningen och berättade sanningen, tystnade alla.

Det gick ett lågt sus av rädsla och undran och de tittade förskräckta på varandra för att på det stadiet försöka leta reda på den skyldige. Khanen hade blivit förgiftad!

En stor utredning sattes igång för att få vetskap om vad som hänt, vem som var den skyldige. Efter noggrann undersökning kom man fram till att den döde hade fått i sig något gift, som bara någon i hovet hade tillgång till. Alla förhördes om giftet och trots att de inte vågade säga så mycket av rädsla för att bli indragna i något otrevligt, blev det snart ganska uppenbart vem som kunde tänkas ha utfört mordet. Sesons mor togs in till förhör och snart hämtades även prinsessan också. Även Brigitta misstänktes, eftersom hon kunde ha haft möjligheter att döda Rabdan. Men eftersom hon lämnat sitt arbete vid hovet tre år tidigare, gick hon fri. En annan slav blev anklagad och misstankarna om dessa tre stärktes efter hand. Kvinnorna pressades hårt under förhören och fick utstå svår tortyr med droppande vatten på en punkt i pannan hela dygnet, sittande fastsurrade på en stol kom till sist erkännandet. Mor och dotter erkände brottet och sade att anledningen var att de ville sätta moderns son, som också var Sesons bror, på tronen. Prinsessan var dessutom arg på sin far för att hon inte fått Brigitta som sin hovdam. Slaven blev befriad från straff, hon hade tvingats att hämta giftet ur ett skåp som Rabdans hustru hade nyckeln till.

Domen blev inte nådig, kvinnorna skulle avrättas enligt gällande lagar, trots att de tillhörde hovet. Eftersom de fått lagens strängaste straff skulle det ske under gängse former

147

och enligt den ritual som var vanlig vid mord. De fick först ett stick i hjärtat, vilket egentligen var en eftergift för dem. Därefter styckades kropparna i bitar och föreställningen var över. I vanliga fall slet man sönder mördares kroppar, utan att först döda dem. Det grymma sättet att avrätta mördare var en sedvänja från Kina. Som tur var slapp Brigitta att se på denna barbariska avrättning.

Det var en olustig stämning nu när Khanen var borta och inget tycktes fungera normalt. Brigitta och Renat var osäkra på vad som skulle hända. Skulle allt som de planerat nu rinna ut i sanden? Deras resa hem till Sverige skulle sannolikt inte bli av nu när andra förutsättningar rådde. De hade ingen att vända sig till längre och fick förlita sig på sina egna omdömen att klara sig i det kaos som nu inträffat.

Men det blev bråttom att utse en ny ledare för landet, ingen av den dödes söner var någon kandidat, utan tillsatte en man vid namn Galdan Tseren, som blev ny Khan och högtidligt installerad med pompa och ståt. Han var något år yngre än den tidigare och hade bara en hustru, och två minderåriga döttrar. Efter att ha kommit in i rutinerna vid hovet fick Brigitta och hennes make träffa honom privat. Han hade noga tagit reda på anledningen till att de var där som fångar och lyssnade på deras önskan att få göra den resa som förre härskaren hade utlovat. Den nye ledaren påminde om Rabdan, med samma klädedräkt och huvudbonad, men med ett blått band vid pannan. Han hade en smal mustasch i det rundade ansiktet och skägget tvinnat som ett smalt snöre.

Han visade samma välvilja mot de båda svenskarna som sin företrädare. Han var av samma åsikt som förre Khanen, att det behövdes några präster vid hovet och var inte ovillig att släppa iväg Renat som sändebud till kungen i det så avlägsna landet, för detta viktiga arbete. Uppgifterna för prästerna skulle bli att leda kalmuckernas härskare på den rätta vägen. Detta intresse för den protestantiska religionen tycktes vara ett resultat av den försiktiga missionsverksamhet som Brigitta ägnat sig åt under en tid och som inte lämnat den nye Khanen opåverkad. Planerna för resan var igång och ett nytt möte skulle snart ske. Brigitta och Renat var lättade och förväntansfulla, nu kanske de äntligen skulle få återse sitt hemland, men bävade också för den långa resan.

Till en början planerades resan att gå genom Indien, för att undvika farorna med de krigiska kazaker som härjade längs vägen genom Sibirien. Men efter ytterligare undersökningar visade det sig inte så lämpligt trots allt, vägen hem skulle bli betydligt längre och inte helt riskfri den heller. Efter den långa vintern, som var ovanligt sträng med ibland tjugofem minusgrader och en del snö, kom så en lösning. När våren kom skulle en rysk delegation under ledning av major Ugrimov, som varit vid hovet under nästan två år, resa tillbaka till Ryssland. De hade haft förhandlingar med båda ledarna om relationer mellan länderna och ett frisläppande av de ryska fångarna. Nu hade samtalen avslutats, den nye Khanen gav tillåtelse till frigivningen och gav samtidigt Renat tillstånd att följa med till Moskva, för att därifrån fortsätta sin resa via S:t Petersburg till Sverige.

Tsaren hade dött några år tidigare och Ryssland leddes nu av Kejsarinnan Katarina. Hon beviljade sällskapet fri lejd och beskydd av den ryska delegationen. Renat lyckades inför sitt uppdrag få de femton svenska fångarna fria och ryssarna skulle få hem sina över ett hundra män, som varit i kalmuckernas fångenskap. Men Renat ställde som krav att hans hustru också skulle följa med, men in i det sista var Khanen ovillig att släppa Brigitta.

Han ville behålla henne som en säkerhet för att Renat skulle återvända. Avresan närmade sig och ingen lösning tycktes möjlig. Khanens hustru hade fattat tycke för Brigitta och ville gärna ha henne vid sin sida i hovet under tiden som maken var i Sverige. Men Brigitta stod på sig och vägrade. Var hon fick modet ifrån förstod hon inte själv, men om alla andra fångar skulle få bli fria, varför skulle hon som gisslan stanna kvar, frågade hon. Alla började bli otåliga på att resa, den ryska delegationen försökte påverka Khanen att komma på en lösning.

48

En dag i början av mars månad började vintern ge med sig. Den värsta kylan var över för denna gången, men snön låg fortfarande och erbjöd ett bra slädföre. Det packades för fullt med förnödenheter som skulle med och delegationen var klar för avfärd. Solen steg upp över bergen och det såg ut att bli en fin dag.

Khanen hade till sist gett med sig, Brigitta skulle få följa med. Med tanke på allt hon gjort, var det ett oundvikligt och rätt beslut. Men som en försäkring att paret, eller i varje fall Renat skulle återvända med prästerna så småningom, lät Khanen beslagta en stor del av parets ägodelar. Renat gick med spelad missnöjdhet med på det, han hade utan någons vetskap smusslat undan en hel del pengar. På sin resa i Dzungariet hade han vid staden Kirla hittat guld. Vid ett tillfälle när han var ensam ute i naturen fann han guldsand som han kunde bevara i hemlighet. En lokal guldsmed gjorde tio guldtackor och ett smycke att fästa på bröstet och dessa föremål hade han i tryggt förvar. Han hade även femton dukat handguld. Men han fick lämna sitt tygföretag i händerna på Khanen. De fick med sig nio slavar av turkiskt ursprung som hjälp under resan. Brigitta tyckte det var rent beklämmande att hon som själv varit slav hela sin vistelse,

151

nu hade egna slavar, men fick finna sig i deras seder. Hon fick dyrbara presenter av regentfamiljen och Renat fick i gåva två kartor över Dzungariet med omnejd. Kartorna var försedda med ojratisk text, som kalmuckerna använde sig av. Det blev ett tårfyllt avsked och Brigitta fick som en symbol på det flera näsdukar med spår av tårar. Äntligen kunde slädarna med alla påpälsade människor börja den långa färden mot Moskva, som låg över två hundra mil bort.

De var mycket tacksamma för att de slapp marschera och mindes den långa vandringen de gjort från Poltava och vidare till Tobolsk. Visserligen var de yngre då och hade klarat strapatserna förvånansvärt bra, men upplevelsen satt inpräntad i deras medvetande så klart, att det värkte i kroppen när de tankarna kom fram.

I början gick färden med ganska god fart, tack vare det fina slädföret, men ju längre västerut de kom, började snön smälta undan och det bildades pölar under medarna. Ofta stanna de mitt på dagen och för att fortsätta på kvällen, när skare hade bildats på snön. Under timmarna på dagen passade de på att röra på sig i det vackra vädret. De utnyttjade floderna där isen fortfarande bar, men snart var det dags att lämna slädarna och delegationen såg till att vagnar ställdes till förfogande. Det blev om ompackning innan de kunde fortsätta färden.

De gjorde ett stopp i Tobolsk, som de inte sett på tio år. Inget var sig likt, krigsfångarna var borta, antalet invånare hade därför minskat betydligt. Skolan som de kämpat för var stängd och såg alldeles ödslig ut, staden hade börjat förfalla. Guvernören var borta, dömd till hängning för något brott och de kände inte igen människorna där längre. Brigitta tänkte på allt de gjort för staden och folket, på von Wreech, Sprengtporten, fru Beck och alla de andra och undrade i sitt stilla sinne om de klarat hemfärden bra. Tankarna gick också till Lovisa, den stackars flickan som de lyckats smussla iväg från turken och tårarna kom ofrivilligt. Här hade de levt sina liv och kämpat för att få det någorlunda bra, under så lång tid att tanken svindlade. Hon ville bort därifrån så snart som möjligt.

Ett snöoväder överraskade dem, det var tydligt att vintern inte ännu gett upp. Vinden tilltog och snön yrde så att de knappt kunde hålla vagnarna kvar på vägen. De stirrade ut i ett blekt töcken. Vägarna snöade igen, hästarna såg nu medtagna ut och halkade fram i sakta mak. De skulle inte kunna ta sig fram till nästa by i snöstormen, så de blöt att stanna och samla ihop vagnarna i en ring, med utrymme för hästarna i mitten. Där kunde de övernatta och ta igen sig, medan snöbyarna drog förbi. Kylan var besvärande och de kröp långt ner i pälsar och filtar och höll värmen så bra det gick. Djuren höll sig intill vagnarna som läade för vinden. Nästa dag hade stormen bedarrat, men vägarna var översnöade, så de fick vänta två dagar, innan de kunde åka vidare.

Brigitta började känna sig sjuk, fick svår bröstvärk som gick

153

ut i ryggen som en tryckande smärta. Hon fick hög feber och låg nerbäddad, medan hon fick vård och hjälp av två slavar. Det var en besvärlig resa för henne. Hon tog sig för bröstet och gned revbenen som för att lindra smärtan. Men den fanns kvar. På femte dagen var hon så medtagen att en rysk läkare som fanns med i gruppen undersökte henne och gav henne medicin. Hon var askgrå i ansiktet och helt slut.

" Fortsätt ni och lämna mig här, jag klarar det inte längre."

De hade gjort halt vid ett värdshus för att vila och äta. Men hon kunde inte få i sig annat än vatten. Hon yrade.

"Så fan heller, vi skall fram tillsammans." Renat var bestämd, men förstod samtidigt hennes kval och han hoppades på ett under att febern skulle släppa snart.

" Jag är nog framme redan, jag är slut och orkar inte mer. Det är nog inte långt kvar nu."

" Just därför skall vi vara tillsammans," svarade Renat som låtsades missförstå hennes ord.

Med en kraftansträngning reste hon sig och lät sig ledas in på värdshuset för att sova i en riktig säng över natten. Renat lovade att komma ifatt kolonnen påföljande dag. Nästa dag var Brigitta bättre, men hade fortfarande bröstsmärtor. Nu hade hon en sjukvårdare vid sin sida hela tiden och hjälpte henne. Febern började släppa och hon såg något piggare ut. Hon fick ligga nerbäddad medan ekipaget drog fram över steppen. Två dagar senare anslöt de sig till gruppen.

49

De kom fram till Moskva i påskveckan efter en lång och besvärlig resa. Alla hade överlevt, men några av dem var svårt febersjuka vid framkomsten. Delegationen var hemma och hjälpte svenskarna att få ett boende, där de nu skulle vila upp sig inför den sista etappen. Brigitta hade återhämtat sig från sin sjukdom så pass att hon kunde ge sig ut i staden tillsammans med Renat. Moskva var sig lik, även om den inte längre var huvudstad, S:t Petersburg hade tagit över den uppgiften, i enlighet med den döde ryske Tsarens önskan.

Dagen efter blev Renat häktad av rysk polis, som betraktade honom som en fiende, eftersom han hjälpt kalmuckerna militärt. De hade noga kontrollerat hans medverkan. Major Ugrimov, den ryss som varit ledare för beskickningen i Dzungariet, kom till hans försvar och talade om att han hade varit tvingad till sina militära handlingar, som enbart var riktade mot de kinesiska gränsstriderna. Även om de trodde på denne major, ville de inte släppa Renat i första taget, utan behöll honom i förvar för vidare utredning. Han ansågs vara mycket värdefull med sina kunskaper om kalmuckerna och fick erbjudande om att gå i rysk tjänst med hög lön och skulle bli befordrad med överstelöjtnants grad. Han avböjde

155

förslaget som var generöst, men framhöll sin önskan att bli fri. De försökte då få honom att bli lärare i en av de skolor för ingenjörer och artilleri som skulle starta inom kort, men även det tackade han nej till. Han hade fått nog.

Under tiden han satt i förvar, var Brigitta orolig för hans del. Hon visste inte vad som pågick och kunde inte besöka honom. Dessutom lade myndigheterna resolut beslag på sex av deras slavar, som de friköpt av kalmuckerna. Hon försökte ta kontakt med fångstyrelsen, men den var nerlagd och Renskiöld, som tagit över efter greve Piper hade rest hem. Hon strövade planlöst omkring, med sällskap av de tre av sina kalmuckiska flickor, som hon inte ville kalla slavar.

Hon gick till den stora påskmässan i Vasilijkatedralen kvällen före söndagen i påsk. Ute på marknader i staden sålde man Kulich, ett slags fluffigt russinbröd att ta med till kyrkan för att prästen skulle välsigna det. Hon köpte ett och gick in i katedralen, där hon studerade de vackra ikonmålningarna på väggarna och var som uppslukad av den ljusa och sköna stämningen där i kyrkan. Prästen tände ett ljus från den heliga lågan när all belysning var släckt. De församlade som stod upp i den överfulla kyrkan, tände sina ljus från prästens ljus, tills hela kyrkan badade i ett enda starkt ljussken. Ute i staden började kyrkklockor ringa, alla stämde in i med olika ljusa och mörka toner, som blev ett märkligt klangspel.

Kyrkan som var avdelad i två rum med en skiljevägg försedd med målningar, skulle avse himlen och jorden, hade en dörr som nu öppnades som en symbol för öppnandet av Jesu grav

156

efter uppståndelsen. Altarrummet föreställde himlen och rummet där folket stod var jorden. Gudstjänsten började mednattvard och hon gick fram till altaret och fick brödet doppat i kalken med en sked, som välsignades av prästen. Det var en stilla och högtidlig vandring, med ljusen fladdrande i händerna. Alla sögs in i rytmen av fötter som sakta förflyttade sig över golvet. Prästen läste Jesu budskap och bad böner, församlingen läste sina invanda ramsor och stämde in i psalmerna.

Brigitta njöt av föreställningen, slöt ögonen och lyssnade. Orgelmusiken var så ljus och vacker, hon tyckte om de spröda, smäckra tonerna, som omfamnade henne med en sådan värme att hon trodde hon drömde. Hon hade aldrig känt något liknande i hela sitt liv, en fullständig ro infann sig hos henne. Så stämde kören in i sin sång och fulländade upplevelsen. Gudstjänsten varade i flera timmar och det var natt, när hon så småningom omtumlad och ensam kom hem.

50

Den bleka solen förmådde inte tränga igenom dimman, som låg som ett täcke över staden. Vädret överensstämde med hennes sinnesstämning, en oro för vad som nu skulle hända dem. Det var tidig morgon. Bara ljudet från hennes steg mot stenläggningen på torget hördes, förutom den var hon omgiven av en total tystnad. Långt borta skällde en hund. Smärtorna i bröstet gjorde sig påminda igen. Hon sköt olustkänslorna ifrån sig och skyndade hemåt för att vila. Den klibbiga dimman kändes som om den kletade sig fast på henne, hon var våt av svett, när hon till sist var hemma och sjönk ner på en stol.

Hon hade kunnat besöka Renat i fängelset två gånger, men han hade inget nytt besked att ge henne. Visserligen hade han ett bra rum, maten klagade han inte på, men att sitta fängslad igen var plågsamt och ovisst. För Brigitta var det också frustrerande. Han berättade om förslagen de gett honom och att han avböjt och bett att få kontakt med myndigheterna i Sverige.

Hon sökte upp en kontakt för den svenska beskickningen, som numera var placerad i S:t Petersburg och talade om deras belägenhet. En vecka senare hade en minister anlänt dit på den svenske kungens order, för att få Renat fri.

Efter några dagar kunde Renat lämna arresten och mötte Brigitta på det stora torget. De var lättade. Nu skulle de vänta på resehandlingarna innan de kunde påbörja den sista resan hemåt. De sex slavarna, som tvingats stanna i Ryssland för att kanske kunna ta sig hem till Turkiet så småningom tog adjö av dem. De andra tre pigorna, som Brigitta envisades att kalla dem, var Altan, Lamakiss och Sara. De hade blivit förtjusta i det svenska paret och ville gärna börja sina nya liv i det främmande landet. Deras föräldrar var döda och de hade inget att återvända till. De förstod att de skulle få det bra och hade inget att förlora.

Tillsammans promenerade de runt i staden som fria människor. Det var en märklig, men underbar känsla. Vädret hade ändrat sig, solen värmde och de första tecknen på vårens ankomst kunde de se i parken, där träden började knoppas och snödroppar lyste vitt på marken. De såg alla de vackra katedralerna med sina färgglada torn, kyrkorna, det höga klocktornet och försvarsanläggningen. Det var ett Ryssland som var ett mysterium med sin mångfald och rika kultur. Men det fanns också ett gytter av gamla hus, en del förfallna och övergivna. När de tidigare tillbringade sin tid i staden, visste de bara om de små husen i trä, som visserligen fanns kvar, men ersattes efterhand av nya byggnader av sten. Nu hade villor och små herrgårdar byggts för de välmående ryssarna i utkanten av staden, där det fortfarande betade vilda getter i träsken utanför. De rika och förnäma kvinnorna hade börjat anamma det nya modet i västvärlden, med klänningar i blommiga mönster istället för den mörka klädedräkten. Brigitta såg att de på benen hade silkesstrumpor, trolige importerade från Paris, där stora vävfabriker numera tillverkade de åtråvärda plaggen. Men det var stora ytterligheter i Moskva. Där fanns också slummen, som en stor kontrast till allt det nya och moderna.

Friheten var berusande, det var som att födas på nytt för Brigitta och Johan Gustaf Renat. Efter år av hopplöshet i fångenskapen, utsattheten som slavar utan att ha något människovärde, hade de kämpat var för sig, men numera också tillsammans för denna dag av glädje över att kunna återvända till hemlandet. De letade upp en lämplig kyrka och bokade en tid med prästen för deras vigsel. Brigitta kände att hon var beredd att ingå äktenskap med mannen som tagit hand om henne och räddat henne från en osäker framtid. Deras skenäktenskap var godtagen hos kalmuckerna, men nu skulle det präntas på papper och de skulle bli ett äkta par på riktigt.

På Brigittas femtioårsdag gifte de sig. Pigorna Altan och Sara var vittnen. De hade tagit sina uppgifter på största allvar och köpt en bukett röda rosor till bruden. De var klädda i sina bästa kläder dagen till ära. Försommaren hade kommit och solen lyste in genom de vackra fönstren i kyrkan. Prästen välsignade dem och det hela var över på tio minuter. Johan Gustaf gav sin fru det vackra bröstsmycke av guld han haft i tryggt förvar hela vägen genom Ryssland. Hon blev överraskad och mycket glad. Brigitta hade klätt upp sig i en

160

klänning av siden med underbara färger hon sytt själv. Hennes bleka ansikte lyste upp och fick ett uttrycksfullt drag av förnöjsamhet. Altan och Sara log förläget, när Renat kysste sin brud.

Nu skulle de lämna allt det besvärliga bakom sig, alla minnen med hemskheter och påbörja sina nya liv. Nu var det dags att ta sig till S:t Petersburg och vidare till Stockholm. Brigitta hade aldrig varit i huvudstaden och var spänd på hur hon skulle trivas där. Renat hade genom kontakter ordnat ett första boende till dem och hon litade på att de skulle få det bra.

Hemma

51

Skeppet stävade ut från S:t Petersburg i riktning mot Sverige. Paret Renat, de tre pigorna och övriga fångar från kalmuckernas rike var med. Dagen före hade de kommit fram efter den sista etappen från Moskva. Det var den enklaste resan de gjort och med ett enda mål, att komma hem. De kom till en stad, till stor del byggd av svenska fångar, med breda gator och kanaler som ett trevligt inslag. Det var som ett fönster mot väst, där det nya Ryssland ville visa sig i ljusflödet och ge kulturen ett nytt ansikte och identitet. Tsar Peter hade inte tyckt om det barbariska och bakåtsträvande Moskva, utan byggt denna nya huvudstad vid floden Neva. Arkitekturen var modern och västinspirerad, med stora byggnader och katedraler med guldkupoler, men också en träkyrka byggd helt utan spikar och stod på en ö.

På skeppet tyckte Brigitta att hon kände igen en av passagerarna. Först var hon inte säker, men när hon pratat med sin make såg de att var en fältpräst som de träffat vid någon av gudstjänsterna i Tobolsk. Men varför han inte rest hem förrän nu var ett mysterium, övriga fångar därifrån borde varit hemma i tio år nu. De beslöt att få en pratstund med George Notman. Nästa dag tog de kontakt med mannen som satt i en vilstol på däck.

163

" George, tänk att träffa dig igen!" Håret hade blivit grått, kroppen något hopsjunken, men han var sig lik trots åren som gått.

Han tittade upp och kände genast igen Brigitta, men inte Renat. De förklarade hela historien från början och han sken upp när de berättade att de var man och hustru. De hade en lång pratstund om allt som hänt, både i Tobolsk och hos kalmuckerna.

" Men varför har du inte åkt hem tidigare?"

" Nej, ni förstår," han tänkte en stund innan han fortsatte." Jag ville åka tillbaka till platsen där vi blev fångar efter Poltava, Innan vi började marschen till Moskva, grävde jag ner mina nattvardskärl av silver under en stor ek. Så jag tänkte hämta dem för att kunna lämna tillbaka, när jag kom hem till Sverige.

" Hittade du dem?"

" Ja, jag grävde upp kärlen och putsade av dem. Men så tog jag mig genom Tyskland och där stannade jag och fick tjänst i en kyrka, så det har gått några år. Men nu skall jag hem till Dalarna."

De hade trevligt tillsammans och samtalet tycktes aldrig ta slut, det fanns mycket att prata om, även om inte allt kunde berättas. Skeppet vaggade dem till ro och de fick en behaglig överfart till Sverige. På dagarna gick de omkring på däck och njöt av den svala saltmättade luften.

52

Stockholms skärgård var det vackraste hon sett. De stod i fören på skeppet, som sakta gled majestätiskt mellan kobbar och skär, för att lägga till vid kajen längst in i viken.

Renat var förväntansfull att få återse sin stad, där han bott med föräldrar och systrar under en del av sin uppväxt. Det hade gått många år sedan han som sjuttonåring drog ut i kriget mot Ryssland och han märkte att det trots allt inte var mycket som var förändrat. Staden växte visserligen norrut, med stora stenhus och breda gator, men huvuddelen av befolkningen bodde fortfarande i den gamla delen mellan broarna. Här fanns höga stenhus med smala gränder och kullerstensgator som var svåra att ta sig fram på. Förhållandena var svåra i den hopträngda stadsdelen. PÅ bakgårdarna hystes höns, hästar, får och svin. Smuts och avföring slängdes oftast bara direkt ut på gatan och bildade gyttja, som slammade igen rännstenarna.

Luften var förorenad av ångor från en intilliggande sjö, vattnet var oftast orent och odugligt till matlagning, men användes ändå. Sjukdomar blev följden och dysenteri, gulsot, tuberkulos och andra åkommor grasserade. Deras bostäder var överbefolkade och människorna undernärda.

Det fanns många kaffestugor, värdshus och små krogar, där spriten flödade. Renat blev bekymrad och såg att Brigitta var förfärad av åsynen av denna misär.

Men det var ändå här, i utkanten av den gyttriga delen som Renat köpte ett hus för sig och sin hustru, där också deras tre pigor fick plats och skulle tjänstgöra hos dem. Brigitta var inte helt nöjd med sin situation, ett framtida liv i en stad, som inte var i bättre skick än Tobolsk. Hon hade förväntat sig något annat och längtade hem till sitt Skåne och Bäckaskog, till naturen med den friska doften sommardagar från ängar och sjöar. Renat lovade att han skulle ta henne till en plats han visste det fanns fin natur ganska nära staden. Hon försökte uthärda efter hans lugnande besked. Flera kakelugnar fanns och gav en skön värme i huset, med sina vitskurade brädgolv och fönster med spröjs av trä. I ett av rummen fanns en slipad spegel, som maken beställt till hennes glädje. Det var ett bra hus som de köpt och pigorna fick dela på ett stort rum.

De märkte snart att en viktig näring som växt fram i här var textilindustrin, otaliga fabriker fanns i södra delen, där män, kvinnor och barn arbetade som spinnerskor i de stora lokalerna. Brigitta blev genast intresserad, men Renat menade att det var för svårt att starta något nytt, med den stora konkurrensen. Det var bäst att avvakta till någon fabrik blev till salu. Renat var inte barskrapad trots att khanen beslagtagit en del av hans tillgångar. Husköpet hade ju förstås kostat en del, men hade tagit ett fördelaktigt lån.

Han hade en del besparingar av sin lön som officer och med guldfynden från Dzungariet fått ihop en ansenlig summa pengar, som de nu skulle använda. Det ingick inte i deras planer att återvända till landet långt borta. Det kunde inte hjälpas att de svek sitt löfte till Khanen. Efter alla strapatser och svårigheter de upplevt, kändes det riktigt att nu äntligen försöka leva ett normalt liv.

Johan Gustaf Renat anslöt sig till Tygkompaniet i Artillerigården på norr, där han fick löjtnants titel och en löneförhöjning. Kompaniet ansvarade för artilleripjäser, utrustning och underhåll av material för artilleriet. På gården, en byggnad av trä fanns också en smedja, verkstäder och en kyrka. Ett stort antal vaderkvarnar präglade till stor del stadsbilden, de var placerade på kullar och höjder, där vinden var drivkraften till möjligheten att mala säd. Men man pressade också växter som lin och hampa, för tillverkning av segel och rep, något som Galärvarvet, som byggt ett tiotal år tidigare var i stort behov av. Varvet låg ute på Valdemarsön, där ett sjukhus och bostäder för sjömän fick ge plats åt bostäder för varvsarbetare nu. Det var här till Valdemarsön som Renat tog Brigitta en vacker dag, för att hon skulle få uppleva naturen, som fanns så nära den centrala delen av Stockholm. Han visste om hennes längtan ut i naturen och hoppades att denna tur skulle få henne att må bra. I den gyttriga delen av staden där de bodde, hade solen ibland svårt att tränga in mellan de trånga gränderna.

167

53

En hästdragen droska tog dem förbi det nerbrunna slottet, där ett nytt nu började resa sig på samma plats. Det skulle bli en annan typ av slott med moderna raka linjer, till skillnad från den gamla försvarsborgen med torn och tinnar.

Färden fortsatte över en av broarna och runt viken, där stora segelfartyg och fiskeskutor låg sida vid sida. Renat såg sina fisktärnor, som dök i det grumliga vattnet och för ett ögonblick var han i tankarna tillbaka i Sibirien. Parker på vänster sida sträckte sig inåt mot fortfarande obebyggda delar. Längs viken var vägen som en sandöken, med skräpiga upplag överallt. De kom fram till en bro med korslagda stockar, passerade lusthusporten och var framme på Valdemarsön. De fortsatte till fots i det vackra vädret.

De gick längs Surbrunnsviken och kunde se över till andra sidan där Ladugårdsgärdet fanns. Brigitta tyckte det var som en dröm att så mycket skönhet fanns så nära den delen av staden de bodde i. Hon kunde inte se sig mätt på allt det vackra och beundrade lupiner och akvilejor, som stoltserade i kanter av ängsblommor i alla färger. Tvärs över ön åt de en bit mat på värdshuset Blå Porten, innan de på andra sidan bergsknallen såg på djuren i hjorthagen. Det fanns åkermark och slingrande vägar, låga trähus omgivna av trädgårdar.

168

Vid farleden, som var infarten för skutor och skepp och där de själva kom seglande till Stockholm, stack en udde ut, som en utpost i vattnet med utsikt över stadens malm och holmen där de själva bodde.

På denna udde fanns en gammal stolpkvarn, som såg övergiven ut, kanske utkonkurrerad av alla de övriga kvarnarna i staden. Den hade en huskropp ovanpå en stolpe som fot och såg lite vinglig ut. Den var försedd med sadeltak av spån och var en enkel kvarn av en sort, som det fanns flest av. En annan typ av kvarn var *Holländaren,* som började göra sitt intåg på senare tid. Renat blev intresserad och fick en idé. Vid varvet tog de en båt tillbaka till stadens centrum, just som kvallssolen gick ner och färgade himlen med ett skimmer som speglade sig i vattnet.

Brigitta var lycklig över denna utflykt, som hade gett så mycket, att hon nu kunde tänka sig trivas här. Men hon kände en trötthet, något hon märkt den sista tiden. Orken tog ibland slut och hon fick då vila sig en stund mitt på dagen. Hon var nöjd med att de hade sina tre hjälpredor, som stod för städning och hushållningen. Hon gick ofta i kyrkan och bad sina böner och tackade Gud för att hon fått återvända till sitt älskade land. Hon läste bibeln för pigorna, som nu började förstå språket bra.

54

Han tog kontakt med ägaren till kvarnen på udden och fick till sin glädje svaret att den var till salu för en ganska rimlig summa. Renat slog till direkt, utan att riktigt ha en plan för verksamheten. Han hade blivit spontan i affärer och oroade sig inte för något längre. Han kände sig fri, hade pengar och ville passa på att utnyttja denna förmåga så länge det gick.

Paret Renat var nu kvarnägare och började undersöka möjligheten att kunna använda kvarnen. Han hade ju sin tjänst i kompaniet på Artillerigården och hade begränsat med tid, medan Brigitta med glädje såg sig kunna bidraga med arbete i ett projekt. Att få vara där ute i den vackra naturen var ju en del i hennes entusiasm. Renat hade nu lagt undan sina kartor och ansåg att det arbetet var en passerad tid. Visserligen uppvaktade biskop Erik Benzelius i Linköping honom, för att få honom att göra en kopia åt biskopens bror Gustaf, som var en granskare av skrifter avsedda för offentlig tryckning. Men Renat ville inte gå med på detta och värjde sig mot de envisa frågorna. Han ville nu glömma den tid och händelser han haft långt bort i världen.

Han hade skrivit ett brev till sin syster Maria i Västervik och berättat att han nu var hemma i Stockholm, efter sitt långa äventyr. Hon besvarade hans brev och kunde berätta att de levde ett bra liv, hade fått femton barn tillsammans, men tyvärr hade sju av dem dött i sjukdomar. Hon hoppades att de kunde träffas snart, kanske skulle en resa till huvudstaden kunna göras snart. Den andra systern hade gått bort i pestens härjningar för många år sedan och dog barnlös.

Han kände ett sting i hjärtat över ödet att inte själv ha några barn, men förstod att det inte varit möjligt med livet han fört de senaste trettiofem åren. En del av hans kolleger bland officerarna var också barnlösa, många ogifta och levde nu ett knapert liv hemma. Han hade kontakter med vissa av dem och lånade ut pengar till de som inte hade kunnat skrapa ihop några själva under fångenskapen. Turen och till viss del skickligheten hade varit med honom och gjorde att han och Brigitta nu kunde få det bra. Men han var ändå orolig för hennes hälsa, som han märkt hade försämrats på senare tid. Han förstod att bröstsmärtorna fanns där, orken hade avtagit och att hon sov dåligt på nätterna. Själv ville hon inte prata om sina smärtor, utan avfärdade honom bara när han frågade henne.

55

Brigitta gladdes åt att man nu lagt renhållningen pi staden på entreprenad. Hon såg kvinnor som nu utförde detta smutsiga arbete med att tömma latrintunnor och skyffla upp dynga från gatorna. De kallades i folkmun i allmänhet för skitbärarkärringar och arbetade oftast i par och bar de stora dasstunnorna mellan sig på en käpp, eller drog på en kälke. Tömningen skedde i Flugmötet, Träsksjön eller i det omtalade Katthavet.

Men mest gladdes hon åt att få komma ut till Valdemarsön, där hon tog långa promenader när vädret tillät och ibland följde någon av pigorna med henne. Kvarnen var nu så gott som färdigreparerad och skulle snart tas i drift. De hade planerat att försöka sig på att mala säd och satte och anslag om detta. Men tanken var också att stampa lin och hampa för leverans till segelmakare i staden. Under dessa promenader levde hon upp och kände inte så mycket av sina krämpor, här ute gick det lättare att andas i den friska luften. En båttur hit tog inte mer än en timme och eftersom hon var tidigt uppe på morgnarna, fanns det gott om tid att spendera i den vackra naturen.

Under hösten var de tre pigorna duktiga med sin bibelläsning

172

och kunde utan svårighet både läsa och förstå det svenska språket. De fick undervisning i kristendom i en skola och blev ytterligare förbättrade i språket. Brigitta var imponerad över deras flit och berömde dem. Hon löt döpa flickorna, som blev upptagna i den kristna församlingen. Dopet skedde i den kyrka som fanns vid artillerigården. De fick sina nya namn anpassade efter svenska förhållanden. Altan var äldst och fick namnet Anna Catharina, Lamakiss som var nitton år tilldelades namnet Maria Stina och Sara som bara var sexton, kallades nu för Sara Greta. Flickorna var mycket nöjda med sina namn och tackade sin husmor för all hjälp de fick. De kände sig nästan som döttrar till paret Renat, som själva var tacksamma för deras anpassning i sin nya miljö. De tycktes inte längta därifrån, utan visade att de nu var beredda att leva och bo här.

Det fanns en del höstsäd som börjat komma in till kvarnen och Brigitta fick bråda dagar nu. Tillsamman med flickorna anställdes en man för att bära de tunga säckarna. De var ovana till en början, men snart lärde de sig de rätta knepen att få mjölet malt. Bönderna var nöjda och ville höra hennes berättelser om livet som slav där borta i landet med det konstiga namnet. Men Brigitta skrattade mest åt deras nyfikenhet och drog till med olika skrönor, så de visste till slut inte vad de skulle tro på. Men de fick alltid ett vänligt leende och en trevlig pratstund med den rekorderliga damen.

56

De senaste dagarnas snöande hade nu upphört. Några få minusgrader gjorde att det blev ett utmärkt glid för släden att ta sig fram över de annars så kullriga gatstenarna. De satt insvepta i filtar, som de för ändamålet köpt i Grolls bod vid Järntorget. Facklorna i fören på släden lyste upp deras ansikten och gav liv åt andedräkten. Mörkret hade redan infunnit sig, fast klockan bara var tre på eftermiddagen. Ett flertal kyrkor i staden talade om det, när de svängde in på vägen vid den östra malmen. De hade varit en tur ute på Valdemarsön, som de gärna besökte även på vintern. Kvarnen hade inte varit i arbete sedan höstsäden malts, men det var ändå ett kärt mål för deras besök här ute.

De satt tysta under färden, med sina egna tankar. Efter en stund bröt Renat tystnaden.

" Kommer du ihåg en präst som var med i Tobolsk, Andreas Westerman? Han ledde väl några av gudstjänsterna där"

Brigitta mindes mycket väl prästen, eftersom det var han som vigde henne och förre maken, Michael. Hon ville inte föra just det på tal, men svarade att hon kom ihåg honom.

" Han sökte upp mig för ett litet lån, ja vi träffades faktiskt på Poppelmans kaffehus. Vi pratade om tiden där borta och jag avslöjade att du och jag är gifta. Han hälsade till dig och berättade att han bor på Kungsholmen och är präst i kyrkan där. Han har en liten lägenhet på Garvaregatan i närheten av Barnhusviken. Tyvärr var tydligen inte ekonomin så bra, så jag hjälper honom gärna med pengar."

" Berättade han något mer, är han fortfarande gift?" Hon mindes besöken hos dem.

" Ja, han är gift med Katarina tror jag hon heter och de har två barn. Pojken är visst i tjugoårsåldern och skall bli präst som sin far och flickan är visst åtta år. Sen berättade han om den flickan, som du var med och smusslade iväg från Tobolsk, där hon var slav hos en turkisk man. Minns du? Det var väl Sprengtporten som ordnade med att hon kom i säkerhet."

" Jag har ofta undrat hur det gick för Lovisa, visste han något om henne?"

Renat talade om vad han hört Andreas berätta. Lovisa hade kommit fram till staden där hennes föräldrar fanns kvar som fångar, av en otrolig slump. Där hade hon fått ett bra liv och slapp ifrån slavarbete, utan att säljas och bli behandlad som ett kreatur och få hugg och slag. Efter något år hade hon gift sig med en äldre präst, Lars Sandmark och flyttade efter frigivningen med honom till Njurunda i Medelpad, där han blev präst. Det berättades om henne att hon blev en utmärkt prästfru där. Hon blev änka några år senare och

175

efter sorgeåret gifte hon om sig med efterträdaren, Petrus Sundberg. Hon dog tyvärr efter tre år i sviterna efter sitt hårda liv.

Brigitta försökte smälta berättelsen och kände en viss frid för Lovisas skull, hon hade fått det bra, precis som hon själv hade det nu. Det är ändå underligt vad ödet kan ställa till med, tänkte hon och kramade sin makes hand.

" Jag skulle vilja träffa Andreas och hans familj."

" Vi har pratat om det, jag har faktiskt bjudit hem dem till Påsk, om di inte har något emot det."

Det hade hon naturligtvis inte och såg fram emot mötet. Med rosiga kinder klev de av släden som nu tagit dem hela vägen hem, där de steg in i ett varmt och ombonat rum. Middagen skulle snart serveras.

57

Värken i bröstet återkom allt oftare nu. Smärtan gick som ett spjut rätt genom kroppen och ut i ryggen. Ibland kunde hon gå uppe hela nätterna och fick ingen ro. Hon fick feber och läkaren, den ende som fanns i staden, tillkallades. Han gjorde en ordentlig undersökning och trodde att det kunde röra sig om en nerv, som kommit i kläm. Han gav henne smärtstillande tabletter och anbefallde några dagars vila. Febern gick tillbaka och efter en vecka var hon på benen igen.

Hon försökte med handarbete för att få tiden att gå, men orken fanns inte där längre. Lusten hade också övergivit henne. De duktiga pigorna tog hand om henne och utförde allt arbete i hemmet. Renat var bekymrad och hade ett enskilt samtal med doktorn, som inte hade mer att tillägga än att hon troligtvis var märkt av allt hon gått igenom. Kroppen sade helt enkelt ifrån på detta sätt. Tabletterna tycktes hjälpa och så länge hon fortsatte med dem och inte fick komplikationer, så skulle hon nog snart bli bättre. I annat fall kunde han försöka bereda plats för henne på Danvikens hospital, men det var ont om plats där just nu., eftersom man börjat ta in även sinnessjuka patienter. Man fick helt enkelt avvakta och se.

177

Men Britta blev inte bättre, till sist låg hon i sängen mest hela dagarna och orkade ingenting. Renat vågade inte gå hemifrån, men hon svarade att hon hade flickorna till hjälp och uppmanade honom att fortsätta sitt arbete.

En förmiddag i veckan före Påsk, var smärtorna värre än vanligt och tabletterna tycktes inte hjälpa längre. Febern var hög och hade varit det i tre dagar nu. Hon förstod att de nu fick ställa in det planerade besöket av Andreas och hans familj, något som gjorde henne mycket ledsen. En av flickorna skyndade sig på nytt till läkaren, som kom på nytt och gav henne ännu starkare medicin. Hon somnade oftast efter en dos, men vaknade med samma smärtor igen. En klok gumma som bodde i närheten gjorde ett besök och gav henne olika sorters örter som han blandade till i en sorts dryck. Det smakade vedervärdigt, men tron är oftast större än förnuftet och någon liten ljusning av förbättring kunde skönjas. Men det var bara för stunden, Brigitta kände att det var dags att ge sig av.

Plötsligt hörde hon något ljud utanför det öppna fönstret och bad Sara Greta se efter vad det var. Våren var på väg och frisk luft vädrade ut i rummet, när de kunde ha fönstret öppet en stund. Ljudet blev starkare, det var nog någon som spelade på ett instrument, tyckte hon. Pigan lutade sig ut och såg en ung pojke utanför källarkrogen Fimmeslstången, i hörnet vid Kindstugatan och spelade på en flöjt. Brigitta slöt ögonen och njöt av musiken. Hon frös inte längre, en behaglig ro kom över henne, medicinen tycktes verka äntligen.

178

Det var en vacker melodi som hon kände igen, men inte riktigt kunde placera var hon hört den tidigare. Den gjorde henne väl till mods och tänkte inte på annat än att följa tonerna, som tycktes stiga upp mot fönstret och fylla hela rummet. Brigitta låg helt stilla och lyssnade på melodin, som förstärktes i hennes medvetande och för en stund var hon tillbaka till sin barndoms Bäckaskog och sprang på daggvått gräs på ängen ner mot sjön. Solen bröt igenom molnen och det blev ljust i rummet, värmen var behaglig.

Ur det ljusa såg hon en hand, som sträckte sig mot henne. Hon tvekade en stund, men tog emot handen, Den kändes lugnande, samtidigt lockade flöjttonerna henne med in i det ljusa och hon kände en skön frid.

Efterord

Begravningsakten ägde rum i den fullsatta Artillerikyrkan. Brigitta var knappt 52 år gammal, när hon dog av bröstvärk, håll och stick, den 4 april 1736.

Paret Renat förde med sig hem guld, smycken och kläder. En av Brigittas dräkter från tiden hos kalmuckerna, en rock och kaftan i rött siden, finns väl bevarad i Livrustkammaren på Stockholms slott.

Johan Gustaf Renat gifte om sig 1739 med änkan Elisabeth Lernström Fritz, som hade ärvt ett sidenväveri efter sin make. Väveriet låg på Surbrunnsgatan i Stockholm. Renat tog avsked från det militära med Kaptens titel. Han dog barnlös 1744, 62 år gammal. Han har inte redovisat sina många erfarenheter och upplevelser i skriftlig form och hans kartor och anteckningar föll i glömska. Men 1879 hittade August Strindberg en av hans kopior i Linköping, vilket ledde till att Uppsala universitetsbibliotek i Carolina Rediviva, undersökte sina samlingar och fann de två kartor som Renat fått i gåva av den kalmuckiske Khanen och hans egen karta, som funnits i samlingen sedan drygt 130 år tillbaka. För några år sen hittades ytterligare en kopia av hans kartor.

Lovisa von Burghausen blev prästfru i Njurunda, Medelpad, som framgår av berättelsen. Hon dog 36 år gammal i sviterna efter den dåliga hälsa hon haft under sin tid som slav. Hennes berättelse skrevs ner av en präst efter hennes diktamen och lästes upp på hennes begravning.

Jonas Jacob Burman, som jag i fantasin låtit vara kollega med Jonas Lindström, Brigittas andre make, var en underofficer som togs till fånga vid Poltava och fick slita hårt i järnbruk i Lipsk, mellan Oral och Volgograd. Han blev fri 1722 efter 12 år i fångenskap och återvände till Sverige tillsammans med en fransyska, Susanne Musset, som var 19 år gammal. Han blev befordrad till Löjtnant, köpte Ramnåsa Toragård i Småland, gifte sig med Susanne och de fick 8 barn. Han dog sjuk och blind 1766, 85 år gammal. Han var min mormors morfars farfars far.

Kalmuckerna blev dödade eller bortförda ur sitt land av kineserna i mitten av 1700-talet. Området heter numera Xinjiang och tillhör Kina. En liten grupp kalmucker hade tidigare utvandrat till Ryssland och ättlingar till den finns där än i dag, i den del som kallas Kalmykien.

De historiska underlagen till denna berättelse är hämtade ur följande: Populär Historia, Projekt Runeberg, Forum Eurasien och en bok av Vera Effron.

Förlag: BoD – Books on Demand, Stockholm, Sverige
Tryck: BoD – Books on Demand, Norderstedt, Tyskland
ISBN: 978-91-7699-861-8